Infinita

Camila Maccari

Infinita

autêntica contemporânea

Copyright © 2024 Camila Maccari
Copyright desta edição © 2024 Autêntica Contemporânea

Todos os direitos reservados pela Autêntica Editora Ltda. Nenhuma parte desta publicação poderá ser reproduzida, seja por meios mecânicos, eletrônicos, seja via cópia xerográfica, sem a autorização prévia da Editora.

EDITORAS RESPONSÁVEIS
Ana Elisa Ribeiro
Rafaela Lamas

PREPARAÇÃO
Ana Elisa Ribeiro

REVISÃO
Marina Guedes

CAPA
Cristina Gu

ILUSTRAÇÃO DE CAPA
Marcela Dias

DIAGRAMAÇÃO
Waldênia Alvarenga

Dados Internacionais de Catalogação na Publicação (CIP)
(Câmara Brasileira do Livro, SP, Brasil)

Maccari, Camila
 Infinita / Camila Maccari. -- 1. ed. -- Belo Horizonte, MG : Autêntica Contemporânea, 2024.

 ISBN 978-65-5928-410-8

 1. Ficção brasileira I. Título.

 24-200110   CDD-B869.3

Índices para catálogo sistemático:
1. Ficção : Literatura brasileira B869.3

Eliane de Freitas Leite - Bibliotecária - CRB 8/8415

A **AUTÊNTICA CONTEMPORÂNEA** É UMA EDITORA DO **GRUPO AUTÊNTICA**

Belo Horizonte
Rua Carlos Turner, 420
Silveira . 31140-520
Belo Horizonte . MG
Tel.: (55 31) 3465 4500

São Paulo
Av. Paulista, 2.073 . Conjunto Nacional
Horsa I . Salas 404-406 . Bela Vista
01311-940 . São Paulo . SP
Tel.: (55 11) 3034 4468

www.grupoautentica.com.br
SAC: atendimentoleitor@grupoautentica.com.br

Aos meus pais, de onde vim
Ao Augusto e à Lara, pra onde vou

Foi só quando a porta fechou atrás de si e ela teve certeza de estar sozinha em casa que começou a chorar um choro alto, barulhento, desagradável, o tipo de choro que percorria com força todo o seu corpo, porque ela chorava com o corpo inteiro. Foi um dia do qual não conseguia mais fugir: a impregnava dos pés à cabeça, passando por cada célula e trazendo consciência para cada centímetro de si. Estava enjoada e por isso correu para o banheiro, mas poderia ter ido sem pressa alguma, ter caminhado, se arrastado, sabia que o enjoo era causado pelo nó mantido à força na garganta, o mesmo que permitiu que fizesse todo o caminho para casa com as lágrimas de vergonha e humilhação bem seguras e contidas, até que ela própria estivesse segura e contida para chorar esse choro que só seria possível na solidão. Nunca tinha pensado que as lágrimas começam a ser choradas pela garganta, mas era assim. Chorou alto, chorou forte, deixou vir a ânsia que parecia trazer vômito, mas não trouxe, e, por fim, com muita força e com a ajuda do dedo indicador, vomitou a cerveja bebida havia pouco, e vomitou também um resto de iogurte e barra de proteína consumidos algumas horas antes como lanche da tarde no trabalho, na frente dos colegas e do chefe. Era o tipo de comida que virou hábito depois do último período de emagrecimento e, definitivamente, não era o tipo de comida que vomitaria. A sensação causada pelo vômito que, uma vez provocado, saía incontrolável da boca acabou sendo estímulo para mais desespero, prova de que mesmo as coisas que estava acostumada a controlar fugiam do controle, o corpo respondendo aos próprios desejos e não aos comandos dela, esse corpo que a acompanhava desde sempre mas, desde sempre, a deixava vulnerável. Chorou ainda mais e parou de vomitar e limpou o dedo com a palma da outra mão e a boca com as costas da mesma mão.

A calça legging de suplex preto que usava sob o vestido preto e longo apertava tanto a barriga quanto as pernas e ela arrancou a peça com raiva e a jogou longe com mais raiva ainda. Fez a mesma coisa com o vestido, que tirou com raiva, colocando uma força desnecessária e, por isso mesmo, patética, em cada um dos movimentos. Só porque precisava descarregar em algum lugar a energia da humilhação, jogou longe o vestido, com essa mesma raiva, esperando que ele sumisse de vista, tal qual a calça, mas isso não aconteceu e tudo foi ainda mais triste, a peça pendurada no box do banheiro. Fechou a tampa do vaso e deu descarga automaticamente, não esquecia um vômito parado no vaso desde os catorze anos. Esperou a água toda descer para abrir a tampa mais uma vez e checar se precisaria de uma segunda descarga para dar fim à camada de gordura que ficava sobrando toda vez que vomitava. Só então se sentou na tampa do vaso, chorando mais e mais, não parava de chorar, agora não faria nada que não fosse chorar, precisava chorar tudo o que tinha para chorar, precisava desmanchar o nó da garganta que continuava intacto mesmo depois dos gritos, das lágrimas e do vômito. Levantou-se e se olhou no espelho que ficava pendurado sobre a pia e deixava ver pouco mais do que rosto e ombros, a maquiagem totalmente detonada, o delineador escorrendo pela cara oleosa, o batom borrado que permanecia perfeito apenas no contorno ressecado da boca, o cabelo desgrenhado, tanta pena de si mesma que, por um segundo, chegou a achar que a intensidade da autopiedade era realmente inédita, mas depois voltou com toda a raiva, tanta raiva, muita raiva. A intensidade da raiva era, sim, inédita. Pensou em socar o espelho com toda a força, lidar com uma mão cortada, talvez ir até uma emergência, fazer uns pontos, dizer que não queria anestesia, sentir uma dor incômoda, tirar o foco do desespero que crescia no peito e tomava toda a sua forma e ocupava todos os espaços, um sentimento que já não conseguia classificar, a combinação de tudo o que já tinha sentido antes, uma vez atrás da outra, mas sempre encoberto pela decisão de manter a cabeça erguida, um misto de ódio, raiva, humilhação, vergonha, desprezo, tristeza e fatalismo, tudo ao mesmo tempo agora. Chegou a duvidar de que o que sentia fosse apenas isto, sentimento, por mais que fossem todos eles juntos e emaranhados, porque naquele momento parecia mais uma doença, o corpo somatizando o episódio anterior e insistindo num mal-estar que ela sabia que demoraria a desaparecer, que parecia que nunca mais iria embora, e ela não era nem capaz de racionalizar que as coisas deixam de ser latentes, que esse exagero eventualmente deixa de ser, adormece, é colocado de lado. Não conseguiu pensar no fato de que sobrevivia deixando as coisas de lado.

Saiu do banheiro e andou até o quarto. A casa continuava vazia e seguiria assim por mais duas horas pelo menos, Gustavo chegaria só mais tarde, depois do trabalho ele ia direto para a faculdade e ela teria, então, tempo suficiente para decidir se já queria estar dormindo, ou fingindo dormir, sem precisar encarar o namorado quando ele chegasse em casa. Sentou-se na borda da cama, olhando ao redor sem fixar o olhar em nada, nem na escrivaninha ou no espelho de corpo inteiro, nem na estante cheia de livros que eram o tesouro de Gustavo ou no cabideiro com um monte de roupas jogadas de qualquer jeito. Ali, quase sem roupa, ficou até sentir frio e além, foi ficando quando o frio já era tanto que disputava sua atenção com o que aconteceu antes, a sensação mais do que a cena, mas a cena também, que se recusava a acalmar na mente, a nova constante que, a esta altura, já era uma certeza: nunca teria fim.

    O que gritava em seu peito era o tipo de coisa que poderia ser organizada dentro de si e conduzida ordenadamente para fora, numa escolha consciente e comprometida, o tipo de escolha que ela fez muitas outras vezes, ou era o tipo de coisa que arredaria todo o resto para abrir espaço e crescer. Já tinha deixado tanta coisa para lá, mas nunca isso, agora parecia tão mais grave e diferente. Talvez não tivesse como tomar uma decisão consciente, estava transtornada de outro jeito, entendendo finalmente que havia voltado para um lugar para onde se prometeu nunca voltar. E agora percorria os espaços de si mesma para reunir todos os entulhos, encarando que, na verdade, apenas voltou para um lugar do qual nunca deveria ter saído, um lugar do qual nunca saiu de fato. Um giro em trezentos e sessenta mais lento que a rotação da Terra e, tal qual a rotação da Terra, imperceptível a olho nu, construído no dia a dia, uma coisa de cada vez. Bem no centro do seu ser, amontoaria com esmero todas as outras vezes que foram como hoje, mas que a encontraram mais preparada, quem sabe mais submissa, para ver de verdade o tamanho de tudo, qual a soma de uma vida inteira mais o acontecimento de antes, tudo acumulado para nunca mais ignorar, já que espalhar e deixar cada coisa perdida, uma em cada canto, tinha sido muito útil até aqui, mas também a tinha conduzido até aqui.

Aproveitou que estava quase nua e tirou o resto da roupa, as meias, a calcinha e o top de ginástica. Ficou totalmente pelada, a cara uma terra arrasada, vestindo apenas o estigma perfeito de que pessoas como ela eram desse jeito. Parou em frente ao espelho para ver bem em que o próprio corpo tinha se transformado. Reparou em tudo com muita atenção, sem reservas, esforçando-se até para ver costas e bunda, olhando direitinho para os pés, abrindo os lábios da vulva e checando seu tamanho, tentando dar jeito de ver até o cu. Há quanto tempo não prestava atenção nenhuma em si mesma? Porque era o próprio corpo que olhava e não reconhecia: um vilão que foi combatido a vida inteira e que revidava com a força daqueles que precisam resistir.

Ela quebrou uma cadeira enquanto estava sentada sozinha tomando uma cerveja em um bar. Quebrou a cadeira e não teve tempo nem agilidade para se equilibrar, evitar a queda, amenizar a situação. Não apenas quebrou a cadeira como foi direto ao chão, estatelada e humilhada, gorda demais para culpar a cadeira de madeira com pernas bambas, pernas finas, quem sabe pernas devoradas por cupins, cadeira frágil. Foi do nada, estava tranquila e, de repente, bateu no chão, com uma cadeira espatifada sob a bunda e as pernas, confusa, se dando conta aos poucos do que aconteceu, se dando conta de que o próprio corpo, essa coisa que mediava suas experiências com o mundo, tinha enfim chegado a um peso e a um tamanho passíveis de quebrar cadeiras, ouvindo todo o silêncio que se fez ao seu redor, apurando os ouvidos para a falta de ruídos em todas as outras mesas do bar, implorando por dentro para que o chão se abrisse também, se abrisse mais do que as pernas da cadeira, e cumprisse de forma justa e misericordiosa o papel de abocanhá-la, de colocar fim a esse instante que, mesmo enquanto acontecia, rápido demais, percorria cada célula do seu corpo com um reconhecimento e uma certeza: tinha, enfim, chegado lá, cumprido o seu destino, respondido à pergunta retórica que crescera ouvindo, onde é que você vai parar? No chão, sobre uma cadeira espatifada.

Não levou nem cinco segundos para um garçom se aproximar perguntando se estava tudo bem. Para não prestar atenção em mais nada, prestou bastante atenção no garçom. O joelho doía um pouco, tinha ficado dobrado sob a cadeira, entre a madeira e o chão, com seu corpo por cima, mas fora isso, fora a mortificação, fora aquele sentimento de ruptura, estava tudo bem, respondeu que estava tudo bem, com certeza ele não queria saber se ela queria morrer, só queria saber se ela estava bem o suficiente para que ele não precisasse realmente se importar com o fiasco. Começou a se mexer para levantar, quando a mão do homem se estendeu oferecendo ajuda, deixando-a apavorada com o gesto, com a ousadia de tanta invasão de privacidade. Ela era uma mulher gorda que tinha acabado de quebrar uma cadeira enquanto bebia sozinha em um bar, certamente existia um código de conduta para uma situação como essa, um que dizia claramente e com todas as letras que depois de checar se nenhum osso foi quebrado ou parcial/completamente esmagado, é de suma importância deixar a coitada em paz, ela precisa de espaço para digerir a humilhação, precisa acreditar na possibilidade de se recompor diante dos olhos de todos os que puderam testemunhar essa humilhação. Fez o maior esforço para aceitar o braço oferecido sem precisar apoiar nem um décimo do seu peso naquele braço, sabia que suas pernas dariam conta do recado menos por habilidade e capacidade e mais por motivação: as pernas precisavam dar conta do recado. Juntou a maior cara de paisagem que conseguiu enquanto o garçom, com um cabelo extremamente bem penteado, dizia que essas cadeiras não eram lá muito resistentes, e ela respondia com repetidos ah, pois é, desculpa, nossa, que coisa, desculpa mesmo, viu. O homem lhe disse um relaxa e ela sentiu que ele não olhava diretamente em seus olhos e se perguntou se a leve pulsada de maxilar e o vinco que surgia na bochecha dele eram resultado de um esforço para evitar cair na gargalhada. Foi só pensar no possível desejo do garçom de gargalhar livremente que ela se fixou no possível desejo do bar inteiro à sua volta de gargalhar livremente, várias mesas repletas de pessoas que, tal como ela, estavam ali tomando uma cerveja artesanal no fim de um dia de trabalho.

Sentiu raiva de Gustavo, foi ele quem sugeriu que ela tirasse um dia da semana para sair do trabalho no horário em que deveria sair todos os dias, como quem tem um compromisso inadiável, e marcasse de verdade esse compromisso consigo mesma, um dia da semana em que não trabalharia mais do que o necessário. Sentiu raiva de Mariana, que falou que nem papagaio sobre esse bar que ficava próximo à agência em que ela trabalhava, com cervejas muito boas e um preço justo. E sentiu raiva de si mesma, que achou uma boa ideia assumir um compromisso público consigo. Melhor seria se tivesse se enfurnado dentro de casa em frente à televisão ou se não tivesse assumido porcaria nenhuma, trabalhado até a hora que as demandas exigissem, desligado as luzes da agência, como fazia tantas vezes, sumido por trás de uma tela e de um conceito que precisava ser criado. Não olhou para os lados a fim de checar se era a única mulher sozinha porque sabia que não faria nenhuma diferença que estivesse esperando alguém, seria sempre apenas uma mulher gorda bebendo sozinha porque não tinha ninguém com quem beber. O garçom trouxe outra cadeira e ela fez um sinal de não com a mão, um sinal que dizia não, não, já vou indo, mas muito obrigada, viu, obrigada e desculpa, desculpa mais uma vez, enquanto deixava o copo de IPA, amarga na medida, realmente muito boa, ainda pela metade, em cima da mesa. Estava obstinada a cruzar o salão sem fazer nenhum contato visual, sem confirmar no rosto dos outros aquilo que sabia que estavam pensando, olha aquela ridícula lá, que nojo, ô sua ridícula, ridícula, que nojo de você, sua gorda, sem deixar que vissem em seus olhos o desejo de morte, que era ainda mais humilhante, sem deixar que adivinhassem tudo o que ela pensava de si mesma e de sua vida inteira naquele momento, sem descobrir algum olhar conhecido que imaginasse quão difícil estava sendo aquilo tudo, enquanto comentava com a pessoa ao lado que ela devia ter engordado o quê?, uns cinquenta quilos, se não mais, nos últimos tempos, tu vê só, emagreceu um monte e engordou ainda mais, não adianta, coitada.

Venceu a distância até o caixa. Se o atendente não falasse nada, ela que não falaria, e o atendente perguntou se ela tinha se machucado, lá foi ela mais uma vez na encenação, não, não, ah, que merda, desculpa pela cadeira, viu. Tudo isso olhando para um ponto minimamente acima dos olhos do homem, evitando um contato visual que entregasse tudo o que ela de fato tinha para entregar, apurando os ouvidos para entender o valor da sua conta, pode incluir os dez por cento, apressando-se em mostrar o cartão de plástico e dizer crédito, aproximação, não precisa da minha via. Foi o tempo de colocar o cartão de volta na carteira e a carteira de volta na bolsa para ver o homem lhe estendendo um doce que estava exposto num display acima do balcão.

Um docinho pra gente se desculpar pelo ocorrido, e, nessa hora, ela olhou bem para os olhos dele, olhou para o seu rosto inteiro e viu que talvez o sorriso que estava ali não fosse apenas amistoso ou inocente, não era de alguém que se desculpava de coisa nenhuma, que lamentava de verdade ter colocado a integridade de uma cliente em risco, era ele dizendo vai, gorda, toma aqui pra você continuar se entupindo de doce, é isso que você faz, não é?, vai gorda, toma aqui pra você continuar a ser gorda. Sustentou o olhar com uma determinação que não sabe de onde saiu, pegou o doce e agradeceu, muito obrigada, ah, muito obrigada. Já se sentia destruída demais e sabia que, às suas costas, seria ainda mais destruída. Porque é isto: pode ter sido a primeira vez que quebrou uma cadeira, mas não era a primeira vez que existia no mundo. Negar o doce seria expor a própria fragilidade de novo e não precisava disso agora. Quebrar a cadeira já tinha feito o serviço, provando que, para ela, o mundo não era um lugar totalmente seguro, ela não podia simplesmente ir na onda e ficar à vontade, estar alerta era um pré-requisito para a própria existência, e ela fracassou ao ignorar tudo isso e se sentar naquela cadeira despreocupadamente. Colocou o doce na bolsa e saiu porta afora, olhou para o lado apenas para encarar mais uma vez o garçom que lhe estendeu a mão assim que ela caiu, respondeu ao breve aceno de cabeça que ele lhe deu, chegou à rua com o nó imenso bloqueando a garganta e teve a certeza da explosão geral de gargalhadas às suas costas, todo mundo rindo, sem exceção, funcionários e clientes ligados por um sentimento vacilante de união, agora todos colegas, todos iguais, todos parte desse grupo cujo denominador comum era não serem ela.

No dia seguinte, faltou ao trabalho. Passou a noite em claro, remoendo a vida inteira, começando a acessar um tanto de coisas que até então estavam bem adormecidas, *você se afogando com tudo o que tentou não transformar em palavra a vida inteira, não deixar encontrar espaço no pensamento, arrebentada, estourada, saco de banha, nojenta, escrota, gorda, gorda, gorda, onde é que você vai parar, tudo isso está ali rasgando a pele por dentro, te expandindo mais e mais,* amanheceu exausta e, pela primeira vez na vida, simplesmente decidiu não ir trabalhar. Simples assim: hoje eu não vou ao trabalho. Uma decisão que, na verdade, não tinha nada de simples ou tranquila e se somou à ansiedade que ela já estava sentindo. Mas se manteve firme, acordou e mandou mensagem para o chefe avisando que, pela primeira vez em três anos de agência, precisaria lidar com uma demanda pessoal e não apareceria. Sentia a carne sob as unhas doendo pela expectativa de enviar o aviso sem nem pedir por favor e de esperar que ele respondesse, que eles negociassem, que ele ficasse irritado. E a apresentação para o cliente que ela tinha que fazer naquele dia mostrando a campanha? Bom, ele teria que fazer. Ficava complicado avisar uma coisa assim tão em cima da hora, foi ela quem tocou a campanha, ele não estava por dentro. Ela sabia, mil desculpas, estava com uma urgência pessoal e era impossível ir. Ficava complicado mesmo, viu? Sim, sim, ela tinha entendido, mas em três anos isso nunca tinha acontecido e ela tinha um milhão de horas extras, a apresentação estava finalizada e salva na rede, qualquer pessoa da agência tinha acesso.

    Enquanto digitava o aviso apavorada, tentava se convencer de que o fato de nunca ter feito isso antes diminuía os pontos negativos que estava recebendo. Eles deviam saber que ela era, sim, confiável, e não um tipo de preguiçosa que, se pudesse, dava um dedo para não trabalhar. No fim, o chefe apenas respondeu que tudo bem, que ela resolvesse sua questão tranquila, que eles dariam um jeito. Era bem capaz que desmarcassem a reunião com o cliente e a esperassem com sua questão pessoal resolvida. Qual mesmo a questão pessoal? Ah, claro, existir. Não contou para Gustavo que ficaria em casa e não deu nenhum indicativo de que o faria, não queria falar sobre o assunto, tanto que, quando o namorado chegou, na noite anterior, já fingia que dormia, que seu corpo estava cansado e não simplesmente fragmentado. Viram-se no café da manhã, no dia seguinte ao que a cadeira quebrou: ela se levantou com ele, como sempre, e seguiu a rotina à risca. Vestiram-se ao mesmo tempo, Gustavo foi para a cozinha e ela se esmerou na maquiagem de todos os dias, trocando mensagens com o chefe. Depois, na cozinha, a água já quente esperando-a para passar um café, enquanto Gustavo preparava sanduíches com queijo e mortadela defumada, ela mais quieta e ele mais carinhoso de carinhos dos quais ela preferia fugir. Escovaram os dentes, o namorado encheu um copo térmico com o café e foram juntos até o ponto onde pegavam o transporte, ele o ônibus, e ela a lotação, *você refém da lotação, tinha aprendido a lição porque já entrou em ônibus pra ir à faculdade e pediu pra cobradora deixar que você ficasse na parte da frente, sem passar a roleta, era seu direito ficar na parte da frente, mas ela negou, te obrigou a passar e você praticamente entalou e precisou de ajuda, o homem que ajudou foi gentil a ponto de não dizer nada, mas o ônibus cheio de gente que olhava pra você, o seu rosto inteiro queimava e a cobradora disse baixinho e com escárnio que ninguém mandou comer até quase explodir.* Se o seu transporte chegasse antes, estava totalmente disposta a entrar no veículo e parar assim que pudesse, mas a linha de Gustavo chegou primeiro, despediram-se com um beijinho suave nos lábios, ele entrou no ônibus e foi para o seu dia de trabalho seguido de faculdade, com uma disposição que ela nunca soube de onde saía para encarar uma segunda graduação. Assim que o ônibus dele arrancou, ela voltou para casa, foi direto para o quarto, tirou a roupa e ficou apenas de calcinha e top de ginástica, parada diante do espelho, olhando mais uma vez para o seu corpo com cuidado e atenção. Lembrou com raiva desses tempos quando, na hora do almoço, algumas colegas conversavam sobre estarem cada vez menos usando sutiã, ai, que delícia, passar o dia sem nada apertando os seios. Vai saber por que, ela comentou sobre os tops que usava agora, muito mais confortáveis do que os sutiãs, mas acontece que usar tops não era a mesma coisa que não usar sutiã, vem para o time que a vida sem sutiã, top, sem nada é uma maravilha, a gente precisa se desprender de certas amarras e preconceitos, mas coisa chata os tarados encarando os mamilos eriçados pelo frio. Ficou tão irritada que revirou os olhos e saiu do próprio esconderijo de quem fala apenas o necessário, de quem finge que não tem um corpo, mesmo tendo o corpo que tinha, saiu do seu esconderijo falando que nem todo mundo tem o tipo de problema de um peito com silicone, tem peitos que pesam muito e que ficar sem nada não chega a ser uma opção. Seguiram no papo mais um pouco, agora falavam de silicone, ela mais tranquila porque podia voltar para o esconderijo, já que isso não lhe dizia respeito, mas tudo lhe dizia respeito e acabou atingida mais uma vez, ah, pior que quando eu era mais nova eu tinha muita vontade de colocar silicone, real, mas agora essa vontade sumiu porque eu me dei conta de que, na verdade, seio é só gordura, né? Quanto mais gorda, mais peito. Eu sou tão magrinha, ia ficar nada a ver peitões em mim, muito artificial, desapeguei disso total. Talvez, se tivesse nascido no começo dos anos 2000, e não no começo dos anos 1990, a experiência com relação ao corpo de toda essa geração fosse diferente. Mas as coisas eram cíclicas e, se tivesse nascido no começo dos anos 2010, talvez essas mulheres todas enfrentassem as mesmas questões. De qualquer forma, agora lhe parecia que o rolê de autoaceitação chegou tarde demais na sua vida.

Agora, no quarto, depois de colocar o corpo sob escrutínio mais uma vez, partiu para a ação: era a vez do armário, um acumulado de roupas guardadas apenas esperando voltarem a servir. Decidiu que, se elas não serviam agora, não serviriam mais. Durante a madrugada, revirada na cama, percebeu que algo ia se esvaziando dentro dela, talvez a vontade de fingir que superava tudo ou a capacidade de recalcar tudo, decidia tomar uma nova direção. Quem sabe abrir espaço não ajudaria, fazer algo coerente não ajudaria? O que doía antes de se deitar seguiu doendo durante a noite e continuava doendo agora pela manhã, e talvez isso, a dor latente, fosse um propulsor adequado para a missão que decidiu assumir para o dia. Abriu as portas do guarda-roupa e puxou tudo o que era seu e estava pendurado em cabides, pegou a escada que ficava guardada na minúscula área de serviço do apartamento de um dormitório e levou para o quarto, subiu os degraus com esforço e, de cima do móvel, puxou para o chão todos os sacos de lixo pretos amarrados com um nó, depois abriu as quatro gavetas que lhe cabiam – Gustavo tinha direito a duas – e puxou tudo para fora.

Tinha se acostumado a repetir roupas até que fosse inviável vesti-las. Usava com furos mesmo. Seus pais ainda não se conformavam quando ela aparecia de um jeito que descreviam como desleixada, ela não precisava andar desse jeito. O que não chegava ao fim com tanto uso eventualmente parava de servir e era guardado até que voltasse a caber e pudesse ser usado de novo, num ciclo que acompanhava a sua perda e reganho de peso ao longo dos anos. Até agora, tinha achado essa uma atitude para se orgulhar, mas, enquanto acessava todas as lembranças que pareciam magicamente desbloqueadas depois de quebrar a cadeira, foi se dando conta da origem desse comportamento. Entre os quinze e os vinte e dois anos, a balança mostrava certa consistência, e ela oscilava sempre entre quinze e vinte quilos a mais do que seu peso padrão, já bem acima da média, mas que tinha sido definido como um ponto de retorno. Então fazia uma dieta e perdia esses quinze ou vinte quilos por um tempo, ficava menos gorda, o tipo de gorda chamada de gordinha, uma grande silhueta que prevê um diminutivo, gordinha, o tipo que era até antes de chegar ao corpo adulto. Até que seu corpo foi se expandindo à vontade e, um dia, depois de manter o peso máximo por alguns meses, sem se engajar em nenhuma dieta de fome, porque era só assim que ela sabia fazer dietas, seguiu engordando e engordando e acabou encarando mais vinte quilos na balança. Vinte quilos acima dos vinte quilos a mais.

O próprio corpo testando limites e descobrindo que sempre é possível chegar mais longe, estabelecer novos padrões, quebrar barreiras, lutar e ganhar a luta, o antigo peso máximo se transformando no novo peso mínimo. As roupas, então, guardadas por cada vez mais tempo e de forma cada vez mais definitiva, mas sempre lá, guardadas. Nunca cogitou a possibilidade de que não usaria de novo o que usava com catorze anos, ou com vinte ou depois, com vinte e sete, quando tinha conseguido, enfim, emagrecer sessenta quilos. Eram seu pequeno tesouro, construído a partir da esperança, sim, mas principalmente na base do medo, da necessidade de se sentir segura, de estar um pouco menos vulnerável, de reforçar a própria autonomia e o próprio gosto, mantendo-o muito pouco variável não porque fosse rígida e fechada a mudanças, mas porque era preciso, o tempo inteiro, provar pontos, no caso o ponto de que era uma pessoa que usava o que queria usar, não apenas o que tinha disponível no seu tamanho, o ponto de que tinha esse nível de dignidade. Isso tudo não fazia mais sentido agora, tinha decidido que não usaria nunca mais essas roupas.

Passou o dia engajada em abrir e inspecionar sacolas, esvaziando-as para, em pouco tempo, tornar a enchê-las com as mesmas roupas, mas novos destinos: as que iriam para doação e as que iriam para o lixo. Vez ou outra colocava algum modelo em frente ao corpo e o corpo em frente ao espelho, apenas para constatar que faltava o dobro de tecido ou sobrava a metade do corpo, uma conta que não faria mais a partir de agora, ela inteira a experiência da noite anterior. Encontrou três vestidos do mesmo modelo cuja única variação era a cor, seus desde os dezoito anos, comprados na primeira vez que a mãe veio lhe visitar na cidade nova, depois de ter se mudado para começar a faculdade. Entraram juntas em uma loja de departamentos e juntaram uma montanha de peças para provar. Dividiram as roupas para ambas entrarem no corredor de provadores, a mãe ocupando uma cabine em frente à sua, e ficaram lá, provando, aprovando e desaprovando peças. Lembra que o vestido serviu perfeitamente. Ao saírem do provador, foram até a arara e descobriram outras duas cores, agarraram as versões, sem nem experimentar ou pensar de novo. O vestido tinha estampas que lembravam mandalas, a mesma estampa em todos, um era azul, o outro verde e o terceiro roxo. Sorriu ao pensar na mãe e seu coração apertou um pouquinho. Queria ter lembrado dessa cena semanas antes, quando assistia aos vídeos na rede social de uma consultora de moda e se deparou com uma cena em que a mulher dizia não ter paciência para a pobreza de espírito de gente que faz esse tipo de coisa, compra a mesma peça em cores diferentes. Com tanta roupa e estilo e design que existem nesse mundo, a *stylist* tinha certeza de que pobreza de espírito era a única justificativa para uma coisa dessas. Na hora, se sentiu exposta, pensou que sempre fez isso, era um hábito. Nos comentários do vídeo, viu uma seguidora da mulher dizendo que não era exatamente pobreza de espírito, mas a necessidade de aproveitar a oportunidade ao encontrar algo de que ao mesmo tempo se gostasse e que servisse. Abriu o perfil de quem comentou e viu que era uma mulher gorda. Deixou que a ficha caísse quieta lá no fundo e parou de pensar no assunto, mesmo tendo se sentido pior ainda a partir daquele comentário. Nem sempre podia filtrar o que consumia nas redes sociais, seu trabalho em uma agência de publicidade exigia que passasse mapeando e buscando perfis de influenciadores para as campanhas dos clientes. Precisava estar atualizada em segmentos como moda e estilo de vida e acabava topando com conteúdos que se esforçavam para lembrá-la de qual era o seu lugar, mesmo quando ela se esforçava para ignorar esse lugar, *e como foi que você conseguiu, hein, ignorar tanto, mesmo com o tanto de coisa que era esfregada na sua cara o tempo inteiro, o tanto de coisa besta que vinha te machucando e que você decidia ignorar, lembra agora do vídeo da influenciadora que falava sobre brechós como um espaço democrático onde era possível encontrar roupas tamanho 44 e que fez com que você sentisse um bolo na garganta, não era a primeira vez que brechós eram moda, lembra logo que você entrou na faculdade, você quis muito entrar nessa moda de brechós e tudo o que conseguiu foi um vestido antigo que você decidiu dar jeito de usar como se fosse vintage, mas que tudo o que era, tudo o que era mesmo, era ridículo, e você fingia não ter certeza de que todo mundo conseguia identificar a coitadice que era você usando aquele vestido?*

Puxa peça por peça daquele monte e presta atenção a cada uma delas, nada passa despercebido. Sente mais tristeza do que qualquer outra coisa quando esbarra em uma de suas preferidas, um vestido fumê brilhoso, criado por ela e feito pela melhor costureira da sua cidade natal. Foi usado em uma festa de quinze anos e era maravilhoso. Guardava o vestido desde os catorze e, quando emagreceu mais de sessenta quilos, quando não era exatamente magra, mas era magra, sim, era grande também, claro, larga, nunca deixaria de ser, mas era uma pessoa que ocupava o espaço de um jeito que não chamava negativamente a atenção, pelo contrário, quando esteve nessa situação, recuperou o vestido e o provou. Ele serviu sem resistência, como tinha feito apenas daquela outra vez, a caminho de uma festa especial, quando, apesar de o vestido servir perfeitamente, servir lindamente, ser feito sob medida para ela, ainda assim saiu de casa com a consciência que nunca lhe deixava em paz de que era gorda de um jeito que evocava permanentemente a pergunta onde é que você vai parar. Aos vinte e sete anos, quando se sentiu magra pela primeira vez na vida, mesmo sabendo que para magra não servia, usou aquele vestido dia sim, dia não e só parou meses mais tarde, quando sentiu a peça sutilmente apertar braços e seios e, duas semanas depois, marcar a cintura. Assim que isso aconteceu, nem pensou muito sobre o assunto e deixou o vestido parado, como fazia com grande parte das roupas novas que iam lhe escapando dia após dia, mas seguiam ocupando espaço no seu guarda-roupa, junto das peças maiores que precisavam ser recuperadas para o uso diário, sempre com a ideia de que seria por pouco tempo, só até ela recuperar o foco, logo logo poderia guardar todas as peças grandes de novo, deixar ali só as novas, só as menores de todas, o roupeiro já cheio demais, até que, eventualmente, todas as novas e o vestido fumê brilhoso da adolescência foram jogadas nas sacolas de lixo e escondidas em cima do guarda-roupa, longe da visão que não fazia questão de ver.

Ao final dessa espécie de faxina, seu roupeiro parecia o de uma pessoa numa viagem de uma semana, cabides e espaços ocupados com o mínimo do mínimo. Quatro meias, sete calcinhas, cinco tops de ginástica, três calças legging pretas, todas remendadas no meio das pernas, dois vestidos longos pretos com elástico na cintura, um com manga comprida e outro com manga no cotovelo, dois vestidos curtos pretos e básicos, também com elástico na cintura, um de alcinha e outro de manga curta, um vestido azul-marinho, regata, tamanho mídi, com babados de tule no comprimento, quatro camisetas pretas de manga comprida, três camisetas de manga curta, uma cinza, uma branca e outra preta, dois quimonos pretos, um de voal e outro de renda, uma saia preta de cintura alta que ia rodada até abaixo do joelho, três blusões de lã, já justos demais, dois casaquinhos pretos leves, um de malha e outro de modal, um casaco esportivo pesado, que dava conta direitinho do frio, embora não fechasse totalmente na frente, e um pijama que ficava curto porque precisava ser usado acima do umbigo para conter a barriga e, exceto naquele período em que emagreceu, todos os pijamas sempre ficaram curtos, mesmo os grandes, todos eram feitos com o comprimento de roupas que são usadas no estilo cintura baixa, e ela nunca pôde usar calça nenhuma assim, nem mesmo a de pijama. Vestidos, saias, camisas e camisetas, meias-calças, casacos, calças jeans e de alfaiataria, tudo isso foi reunido dentro dos sacos e estava pronto para alguma instituição que aceitasse doações, ia desapegar de todas essas roupas *e como seria, hein, se sua mãe visse, ela que sempre sofreu tanto, coitada, lembra de quando você contou pra sua mãe sobre a mulher que perguntou onde você tinha comprado uma meia-calça azul-escura porque a filha dela também era gordinha e ela tinha dificuldade de encontrar e teve que ouvir da sua mãe que ela sentia dó daquela mulher porque só Deus sabe tudo o que ela própria passou nessa vida pra comprar roupa pra você.* Se fizesse um brechó com essas roupas, certamente seria mais inclusivo do que a maioria. Até chegou a pensar que conseguiria uma grana interessante em uma venda on-line, mas isso exigia um envolvimento e uma energia que ela não tinha, além de ter que usar seu perfil pessoal nas redes sociais para publicar peças enormes que já não serviam mais, mesmo sendo enormes, e a verdade é que pensar que as pessoas soubessem o tamanho que usava era algo que lhe deixava mortificada. Agora, porque sabia que era possível, queria apenas se livrar de tudo, abrir espaço como quem começa de novo, organizar as coisas como quem cumpre uma lista de deveres mecânicos, sem encontrar alívio algum no final, pelo contrário, porque, se liberar espaço físico era igual a liberar espaço mental, sentia que, à medida que o dia ia passando, seu grande vazio ia sendo cada vez mais ocupado por todas as coisas que estavam perdidas dentro de si, inundada com memórias dolorosas e novos significados. Quem era ela, afinal? Como pode que ela tenha, por tanto tempo, feito tão direitinho tudo o que disseram que tinha que fazer? O que ela, apenas ela, queria fazer de verdade? No delírio da experiência de quebrar uma cadeira, tentava descobrir se poderia ter sido uma pessoa diferente caso seu filtro para olhar o mundo tivesse sido outro que não o fracasso do próprio corpo.

Naquele dia mesmo, entrou em contato com um centro espírita famoso na cidade por aceitar e destinar doações, que iam desde livros, móveis, eletrodomésticos estragados até roupas, expostas em bazares para arrecadar dinheiro. Tinha sacos e mais sacos de peças boas, em perfeitas condições, de frio e calor, de vários tamanhos, femininas. Eles se comprometeram a ir até o apartamento retirá-las, só precisavam agendar um horário. Desligou o telefone e percebeu que a concretude de se livrar de suas roupas a deixava desnorteada. Era uma afirmação. Ela abria mão da esperança, da ideia, da expectativa, da obrigação. Deixava ir uma parte de si que tinha sido seu objetivo inteiro de vida e objetivo de vida inteira. O que ficava afinal? Pensou na doutora Roberta, no que a endocrinologista faria se a encontrasse agora, se a recebesse em seu consultório depois de todo esse tempo, uma paciente chegando com a cabeça baixa, tamanha a derrota. Provavelmente lhe daria um abraço, lhe daria colo, choraria junto com ela, caso ela chorasse, e diria quantas vezes precisasse, com uma delicadeza e uma dureza difíceis de mensurar, mas que se complementavam com perfeição: vamos lá, não tem nada de errado com você, tudo bem, agora vamos começar de novo, a partir daqui a gente volta a olhar para a frente.

Sabe que só emagreceu o tanto que emagreceu porque encontrou Roberta no caminho e foi tratada, desde o início, como uma pessoa, e não uma doença asquerosa resultada da preguiça e de um desleixo desmedido consigo mesma. Emagreceu tudo aquilo uma vez porque foi ouvida *e quantas vezes antes você não foi ouvida, diversas vezes, por inúmeras questões, idas e mais idas a médicos que não se davam nem ao trabalho de te ouvir, todas as consultas culminando no peso que você precisava perder e, toda vez que você ia ao médico, tinha que aceitar que precisaria se provar e que precisaria insistir, que precisaria trazer e reforçar cada um dos seus sintomas, precisaria mentir, quem sabe, e, antes de mais nada, precisaria prestar muita atenção a tudo o que dizia aquele profissional, ser capaz de deixar o julgamento de si própria de lado pra julgar apenas a postura dele e, então, saber se estava sendo bem atendida ou não, nunca baixar a guarda, nunca se contentar com o você tem que perder um milhão de quilos.*

Aos trinta e cinco anos, Roberta era dessas profissionais superconcorridas porque era muito boa no que fazia. Em pouco tempo, a médica virou um dos alicerces da sua vida, entrava em seus afetos ao lado de Mariana, Roberta dando conta da parte clínica e a amiga simplesmente existindo e respeitando todos os espaços, fazendo com que ela acreditasse que estaria sempre ali. Quando chegou ao consultório de Roberta pela primeira vez, sentia-se perdida no próprio corpo, tinha atingido um ápice do qual não conseguia dar conta, um fardo mais psicológico do que qualquer outra coisa. Olhava-se no espelho com uma dificuldade imensa de aceitar que era ela refletida ali. Ela era aquela pessoa. Estava com aquele corpo, dava comandos necessários para que ele fizesse todas as coisas, carregava aquele corpo para cima e para baixo, mas ele, com certeza, pertencia a outra pessoa. Na época, entrou no quarto de Mariana, com quem morava, aos prantos, uma vulnerabilidade totalmente incomum, que a amiga nunca tinha visto, mas para a qual sempre esteve pronta:

— Eu não me reconheço neste corpo, parece que eu sou uma coisa e meu corpo é outra.

— Mas como, amiga?

— Eu quero coisas que ele não vai me dar. É demais. Ele é grande demais pra mim. Eu sou melhor do que ele. É injusto que ele seja demais pra mim, porque eu simplesmente sou grande demais pra ele, sabe?

— Eu não entendo como você se sente, amiga, eu nem imagino o que é essa coisa toda de pressão pra você. Mas você é um monte também, você é grande, amiga, de um jeito incrível. Talvez seu corpo seja, simplesmente, literalmente você.

Entendeu o que Mariana quis lhe dizer e amou a amiga pela generosidade, mas entre o que entendia e o que sentia existia uma vida inteira, e essa vida era a sua. Quando Mariana dizia que a via inteiramente e que tudo nela importava, ela sentia que era reduzida, mais uma vez, ao próprio corpo, ao corpo a que estava fadada, e Mariana podia falar isso, ela era a amiga que podia falar qualquer coisa, *aquela vez que você foi a uma festa e, quando estava na pista de dança com Mariana, viu ela olhando pra um ponto logo atrás de você com uma cara de fúria e nojo, pra depois te puxar pela mão dizendo vamos sair daqui, e, na saída, você se virou e viu um grupo de caras que não eram nem bonitos nem nada semelhante, que eram asquerosos inclusive, dando risada enquanto olhavam pra você. Naquele dia você saiu de casa se achando linda, com um vestido de suede bege que destacava seu colo impecável, mas um cara com o rosto todo esburacado e o cabelo oleoso achava que tinha o direito de gargalhar enquanto abria os braços o máximo que podia pra imitar quão grande você era. Decidiu não perguntar pra Mariana o que mais ela tinha visto, não quis saber tudo o que aqueles caras fizeram às suas costas, apenas ficou grata por ser amiga da sua amiga, um tipo de sentimento secreto que sempre te inundou quando alguém demonstrava amor e lealdade, porque você nunca achou que era digna de uma coisa e outra.* Abriram uma garrafa de vinho depois da outra e terminaram sem lágrimas, desmaiadas na cama de Mariana, em meio à coleção de gargalhadas e histórias de todos os anos em que já viviam juntas. Mas o impacto do espelho, não pela imagem, mas pela dissociação dela, foi demais, e lá foi ela de novo. E foi assim que chegou até Roberta, disposta de novo a tentar mais uma vez. Outros tempos que não o agora, porque agora, depois daquela cadeira, ela se olhou no espelho de verdade, reconheceu a imagem que viu e sentiu que o problema não era só consigo mesma, mas também com a impossibilidade de encaixar aquela imagem no mundo. Quebrar aquela cadeira estava fazendo com que mergulhasse fundo demais dentro de si, ao mesmo tempo que mapeava as redondezas da própria vida.

    Da primeira vez que teve uma consulta com Roberta, saiu do encontro com o retorno agendado, depois de mais de uma hora de conversa em que não se sentiu julgada nem diminuída, e julgamento e menosprezo tinham sido uma constante em suas visitas a endocrinologistas e nutricionistas, desde que entrou na adolescência, *a nutricionista que lhe apresentou o termo pessoa obesa daquela vez, que olhou pra você e perguntou se você tinha o hábito de ficar apertando ou cutucando a própria barriga, ela já estava cansada de ver, e você ficou sem entender o tipo de pergunta e apenas respondeu que não, você não brincava nem machucava a própria barriga, e você ficou irritada, quem não se irritaria? A nutricionista explicou que isso era um comportamento comum em pessoas obesas com determinados problemas de imagem e você respondeu que não tinha problema de imagem, que era capaz de ver exatamente o que estava no espelho, e na época você não tinha mesmo. Apesar de tudo, seu problema sempre foi externo a você, quem diria, né. Depois você não falou mais nada porque ficou pensando sobre ser encaixada no termo pessoa obesa. Você era uma pessoa obesa, você é uma pessoa com obesidade, e aquele dia foi como se uma bomba caseira explodisse dentro de você, atingindo com pregos todos os espaços do seu corpo, foi a primeira vez e você não pôde mais ignorar que não estava acima desse bem e desse mal.*

Tinha mais de vinte e cinco anos nas costas, a maior parte deles envolvida em tentativas de emagrecer, quando ouviu, pela primeira vez, que não era mesmo fácil, que toda pessoa que precisa eliminar uma grande quantidade de peso passa por isso, que assumir um tipo de compromisso mais amoroso consigo mesma pode ajudar, assim como abrir mão de certos ideais, não tem necessidade nenhuma de ser magra porque, estatisticamente, perder um pouco do peso já confere melhora em diversos aspectos de saúde, as pessoas vivem dizendo para fazer isso e aquilo, mas tem gente que estuda obesidade a sério e trabalha com dados, noventa por cento das pessoas que emagrecem muito têm reganho, emagrecer não é natural, vamos, juntas, buscar metas realistas e concentradas em você, a gente não está falando de falta de força de vontade, mas você vai precisar assumir um compromisso, sim, provavelmente mudar alguns hábitos, ajuda entender que a sua vida é essa, esse não é o seu valor, mas é a sua vida, você pode querer fazer o melhor que consegue dela, vamos juntas desaprender um monte de coisas que você sempre ouviu e, a partir disso, te ajudo a se adaptar e a fazer o possível. Ouvir tudo isso a desarmou, fez com que tentar de novo fosse irresistível. Era como se, pela primeira vez, estivesse ali por si mesma, não por mãe pai irmão amigos colegas trabalho estranhos na rua caras aleatórios de aplicativo vendedoras de loja de roupas mulheres esnobes na rua, *você discutindo com seu irmão sobre algum motivo besta que era suficiente pra gerar agressões verbais entre dois adolescentes e seu irmão começou a berrar que você era uma gorda nojenta e escrota, e sua mãe mandou que ele saísse de perto e você ficou surpresa com a defesa, só pra ela olhar pra você e dizer você acha que ele não sofre de vergonha com todo esse seu tamanho?, não é só pra você que é ruim ser gorda desse jeito, mas você não consegue parar pra pensar.*

    Com Roberta, acordaram que o possível estava bom, estabeleceram uma meta alta, trabalharam com variantes. Mas ela fez o que queria fazer, fez do jeito que podia, mudou a perspectiva sobre emagrecer mais uma vez, isso ela conseguiu mudar, mas não conseguiu mudar muito a si mesma, a punição no centro de tudo. No período em que começou a nova dieta, Mariana saiu de casa para morar com o namorado e não havia ninguém por perto que pudesse ser testemunha do que ela fazia ou deixava de fazer. Quando comia a mais, passava dias sem comer e depois comia a mais de novo. Exercitava-se com austeridade e volumes obsessivos. Passava semanas à base de frango e queijo cottage, malhando até a exaustão. Depois passava dois dias à base de pizza, chocolate e álcool, numa indulgência imprescindível, para voltar em seguida a ser carrasca de si mesma. Levou pouco mais de um ano para emagrecer sessenta quilos *e você lembra em quão arrogante isso conseguiu te transformar? Daquela vez que você chamou um carro compartilhado por aplicativo, depois de emagrecer bastante já, depois de saber que não corria mais riscos. O carro chegou sem passageiros e você se sentou no banco de trás, atrás do motorista. Cinco minutos depois, o veículo fez uma parada e uma mulher entrou e se sentou no banco do carona, ao lado do motorista, e assim que você conseguiu olhar pra mulher, entendeu de imediato o porquê de ela ter se sentado ali, se deu conta de que há alguns meses você também sempre se sentava na frente, de que era incontestável e inquestionável o seu lugar no banco da frente pra que outras pessoas conseguissem se sentar no banco de trás, porque durante um bom tempo você contou por duas pessoas no sistema de medidas do mundo, e aquela mulher também contava por duas pessoas, o tamanho das pernas dela naquela calça de suplex se pareciam muito com o tamanho de suas pernas de alguns meses antes, e aí você começou a escutar alguns barulhos e pensou que o para-brisa estava arranhando e, de repente, você ouviu um latido e soube que ela estava carregando um cachorrinho no colo, na hora você nem pensou que aquela podia ter sido a razão pela qual ela escolheu se sentar no banco da frente, não, não, a única coisa que pensou era que não tinha mesmo como ter visto o bendito cachorro porque aquela mulher era tão gorda e as costas dela eram tão imensas que tapavam toda a visão que, em outros casos, você poderia ter, já que estava sentada atrás do banco do motorista. Você sentiu raiva dela e você sempre pode tentar elaborar o pensamento, mascarar com um pouco de empatia pela situação que a outra pessoa está passando, mas era algo tão próximo que tudo o que você tinha pra sentir era raiva, raiva demais, e, na verdade, se você parar pra pensar bem, você sempre foi arrogante, era boa demais, né, ou não se lembra daquela vez que uma mulher muito grande e muito gorda esbarrou em você na rua? Você mesma era muito grande e muito gorda e ainda assim seu primeiro pensamento foi gorda dos infernos e você não estava falando de você, era dela que você falava, e foi com essa raiva que seguiu o embalo do esbarrão pra forçar seu corpo com ainda mais força contra o dela, gorda desgraçada. Será que aquela mulher algum dia já quebrou uma cadeira enquanto estava sentada em um bar? A mulher seguiu andando como se você não fosse nada, esbarrou e não pediu desculpas, e você sentiu mais raiva ainda porque como alguém tão grande e tão gorda sentia permissão pra andar pelo mundo assim, como se o fato de ser tão grande e tão gorda não fosse um motivo constante pra pedir desculpas, pedir desculpas o tempo todo, e você pede tantas desculpas que chega a ser irritante, já te disseram isso. Você pode sentir necessidade de se justificar por cada pequeno deslize, cada vez que se vira e ocupa um pouco mais de espaço na cama, cada vez que seu braço encosta em um braço de cadeira que é compartilhado, desculpas o tempo inteiro, e, mesmo que você nunca tenha pedido em voz alta umas sonoras desculpas por ser gorda, é exatamente isso que você faz e sente raiva de qualquer um que ouse viver sem fazer isso o tempo inteiro, de quem consegue viver sem se sentir compelida a fazer isso o tempo inteiro, você sente inveja e raiva, você odeia cada uma delas e você foi uma criança que pediu desculpas, cresceu pedindo desculpas, emagreceu e continuou pedindo desculpas, engordou e segue pedindo desculpas, e olha só que grande besteira, o que foi que pedir desculpas conseguiu pra você?*

Na época, apesar de mandar ajustar muitas de suas roupas – aquelas que ela queria manter para reforçar que emagrecia, mas continuava sendo quem era –, acabou precisando de roupas novas, muitas delas, roupas que serviam, que eram mais baratas, que podia comprar, que achava lindas. Roupas que hoje iriam embora. Lembrar de Roberta a encheu de afeição porque, apesar das práticas nada saudáveis que adotou no período, sabia que a médica nunca teria compactuado com nenhuma delas. Foi a médica quem lhe plantou na mente, pela primeira vez em voz alta, que ela era uma pessoa de valor, assim como a amiga magra que podia beijar a boca de quem quisesse ou como a amiga de adolescência que podia ir mal nas provas de escola. A perspectiva que lhe invadiu no momento em que quebrou a cadeira no bar, as coisas que acessou durante a madrugada em claro remoendo cada pequena coisa a que tinha acesso, tudo isso não era resultado apenas da bendita cadeira, mas sim de uma evolução das ideias e dos fatos com os quais teve contato de verdade nos últimos anos e da transformação que viveu a partir da validação de uma médica endocrinologista, o tipo de profissional que, junto com nutricionistas, lhe inspirou mais medo e ansiedade do que qualquer outra coisa durante toda a sua vida, *as idas quinzenais à nutricionista, sua mãe sentada na cadeira ao lado, você tendo que dar um parecer pra profissional, mentindo o que conseguia mentir e liberando um pouco de verdade apenas pra equilibrar o tanto de mentira, subindo na balança e engordando meio quilo, um quilo, sua mãe ao lado bufando e fazendo uma cara tenebrosa e você sabendo que era só questão de ganharem a rua pra que ela desabasse em cima de você, e isso acontecia toda vez. Você começou a vomitar achando que isso pudesse ajudar com os terrorismos quinzenais, lembra? Você era muito nova, sempre me pergunto de onde foi que saiu essa ideia de vomitar, de comer a comida que quisesse, já que tudo era proibido, e correr para o banheiro, se ajoelhar na beira do vaso, enfiar a escova de dentes na garganta e vomitar tudo o que conseguisse. Palitinhos de queijo foram a primeira coisa que você vomitou e nada disso nunca diminuiu a tensão ou o fracasso a cada ida à nutricionista, mas, mesmo assim, você nunca conseguiu parar de vomitar e isso também faz parte de você, pensa bem, você quer ser uma pessoa cujo traço de personalidade também inclui visitas frequentes ao banheiro pra vomitar o que acabou de comer? Não, você não quer.* O que ela tinha feito com essa nova perspectiva que recebeu de Roberta lá atrás não funcionava mais agora, mas aí era uma coisa dela. Naquela época, aprender sobre o funcionamento do seu corpo, entender o que acontecia metabolicamente a cada quilo perdido, o metabolismo que diminuía, a fome que aumentava, a recusa do corpo em topar o emagrecimento, tudo isso suavizava seu fardo e lhe dava ferramentas para encarar a busca. Essa força nova a fez persistir em um processo cheio de falhas porque lhe dizia que o fracasso não era pessoal, mas apenas uma das consequências possíveis do tentar, e tentar era algo que estava em suas mãos, sob seu controle. Foi uma força oscilante, é verdade. Porque ela não conseguia topar as coisas mais ou menos, aceitar que fazer o possível a deixava longe da perfeição e que ela, por consequência, estava longe de ser perfeita. No fim, Roberta podia fazer um pouco só, nem Roberta foi suficiente. Ela era mediana e ser mediana fazia com que se aprofundasse na própria escuridão, de onde só saía depois de usar toda a sua capacidade de abstração para esconder de si mesma o autodesprezo que tomava conta. Então precisou reprimir, e reprimir demais cobra seu preço, agora ela sabe bem. Foi essa incapacidade de se olhar nos olhos a cada fugida do plano que a afastou do tratamento e da médica, a jogou em uma rotina conturbada, a afastou de si mesma e a empurrou para esse lugar que ela ignorou, até que quebrou a bendita cadeira e estourou a represa e viu que tudo isso que estava dentro dela vinha de fora também, vinha de fora principalmente, é o que lhe foi servido a cada um dos dias de sua vida, como se fosse uma necessidade básica e primária. Sem saber que podia recusar tanto ódio, aceitou. E agora está aqui olhando de verdade para a raiva que sempre foi estimulada a sentir do próprio corpo, permitindo que cresça livre para tomar nova forma, cresça diferente, que mude seu foco.

Quando conheceu a doutora Roberta e topou encarar um novo tratamento para emagrecer, experimentou a obstinação, que já era sua antiga conhecida, e precisou colocar para descansar, mais uma vez, a raiva, que ameaçava estourar a barreira. Fez isso para dar conta do processo, não chegou a acessar o sentimento, era impossível gerenciar raiva e fome ao mesmo tempo, e a fome era inegociável, seu corpo gritava e ela o mandava calar a boca, *a ironia em aumentar a vigilância de cada coisa que entrava em sua boca pra poder diminuir seu estado de permanente vigilância. O mundo parando de te punir. No começo, você precisava treinar essa calmaria, treinar caber nos espaços, porque você não sabia como era. Adormecer aquele impulso que você prendia na garganta e lhe impedia de reagir e adormecer também a revolta que você sentia por ser bem tratada por qualquer pessoa, por não precisar reagir, a revolta contra desconhecidos, pessoas novas, contra quem olhava com atenção quando você tinha certeza de que jamais te tratariam daquele jeito antes de você diminuir, a força no contraponto que teve de parar de fazer, quem converte não se diverte, fazer um esforço pra entrar em um estado de paz, não era natural, mas foi bom, você se sentiu feliz porque grande parte dos seus riscos diminuíram consideravelmente.* Agora tinha decidido de vez que não passaria mais fome porque o tipo de fome que passava era algo solitário demais e não era sozinha que tinha chegado até ali, tinha certeza disso enquanto olhava para cada uma das sacolas cheias de roupa no chão do quarto, todas elas com destino definido. Não foi sozinha que viveu um processo de reganho tão abrupto e intenso depois de finalmente emagrecer, não foi sozinha que encheu seu reservatório até o máximo, não foi por nada que precisou ignorar o corpo aumentando as formas para conseguir tocar o resto da vida, até chegar a um ponto tão extremo que conseguiu quebrar uma cadeira. Foi uma construção, e ela perdeu as contas de quantas foram as pessoas que colocaram tijolinho por tijolinho nessa muralha atrás da qual ela teve que se esconder porque não tinha condições de se olhar de verdade, como se ser quem sempre foi fosse um crime. Mas já não ignorava mais nada, estava de volta, de posse do próprio corpo, e isso era uma coisa boa, só precisava entender o que fazer com isso, porque tinha que fazer alguma coisa. Como marcar na alma de todo mundo a culpa por tanta anulação? Era preciso ser criativa, não a criatividade que a vida de agência de publicidade demandava, uma que lhe vinha sem tesão algum nos últimos tempos, mas uma criatividade diferente, visceral, imensa, capaz de dar conta de sua vida inteira, uma vida de quem esteve sempre tentando – ou precisando voltar a tentar o mais rápido possível – emagrecer.

Faltavam ainda algumas horas até Gustavo chegar da faculdade e ela já tinha acabado de dar destino às roupas. Agora precisava dar cabo da segunda demanda do dia: recuperar a balança, subir nela e encarar, em números, a tradução de quebrar uma cadeira com o peso do próprio corpo. Sabia que estava mais pesada do que jamais estivera e quebrar a cadeira lhe devolveu toda a autoconsciência corporal em questão de segundos. Precisou desse choque. Seu corpo sempre lhe avisara de todas as coisas que ela precisava saber, e nunca antes ela tinha escolhido não ouvir. Mas esse tipo de coisa não se desliga completamente, no máximo fica lá, em modo espera. Na época de emagrecer o tanto que emagreceu, fazia musculação em uma academia perto de casa e, logo nas primeiras semanas, o professor comentou sobre sua consciência corporal impecável, o que ela atribuiu ao fato de sempre ter feito muito exercício, um adendo inestimável às dietas permanentes. Não era isso. Nunca tivesse mexido um dedo e sua consciência corporal seria a mesma, porque ela sempre teve uma completa fixação com cada espaço que seu corpo ocupava, um domínio exato da amplitude de cada um dos seus movimentos e a certeza de que assim seguiria pela vida, diminuindo a chance de chateações. Sempre prestou tanta atenção ao próprio corpo que conseguia adivinhar cada quilo a mais, sem precisar de balança. Até que chegou, pela primeira vez, ao momento em que precisou não prestar mais atenção, uma escolha inconsciente, talvez, mas ainda assim escolhida, repleta de resultados e com uma consequência catastrófica. Seu corpo agora se movia pesadamente, ela sabia que isso era resultado do seu tamanho e era também resultado do que fazia com o corpo desse tamanho, sempre punido por não estar do jeito que ela achava que queria que ele estivesse, a ideia de que um corpo como o de agora é um corpo que não merece ocupar espaços tal qual um corpo como o de quando ela emagreceu. Em qualquer um dos lugares que habitou nesta vida, seu corpo foi permanentemente o corpo de agora: punido e inadequado. Nas redes sociais, via vídeos de mulheres gordas, algumas bem mais gordas do que ela, dançando lindamente, fazendo yoga, se exercitando, provando que todo corpo merece movimento, conseguindo fazer o que se propunham. Não se conectava com nenhum daqueles vídeos e não queria para si nenhum daqueles exemplos. Os exercícios sempre tiveram outra associação e existiam com um objetivo óbvio. Lidava com seu corpo se movimentando pesadamente pelo mundo.

Assim como grande parte das roupas, a balança tinha sido colocada longe da visão, logo quando começou o reganho, um ano depois do emagrecimento. Ficava escondida em um canto em cima do guarda-roupa, o lugar oficial das coisas que precisavam ser ignoradas, *você sempre apavorada com balanças, você estava na sexta série do ensino fundamental e foi pra escola, como em todos os outros dias, um dia normal, dia de educação física, você, veja só, amava as aulas de educação física e nunca saberemos se esse amor era genuíno ou se você estava, mais uma vez, sentindo necessidade de provar pra si mesma e pra todos os colegas que você não era igual aos outros gordos, que aqueles adjetivos tenebrosos que cresceu ouvindo não se aplicavam a você, e a professora, do nada, apareceu carregando uma balança, todos os alunos seriam pesados, um de cada vez, de acordo com a ordem alfabética da chamada, a balança colocada diante do quadro de giz na frente de todas as mesas e cadeiras, a professora anunciando cada peso em voz alta pra que um dos estudantes a ajudasse com os registros, você sentiu um verdadeiro pavor e subiu na balança e pesou pelo menos doze quilos a mais que todas as outras meninas e sentiu vontade de morrer e conseguiu fingir que não era nada, você tinha ossos largos, era óbvio que o peso seria maior, você tinha ido ao médico já, você dizia pra quem quisesse ouvir que tinha ido ao médico já.*

Subiu na escada e agarrou o objeto com dificuldade, colocou-o no chão sem se preocupar em tirar o pó, alinhou os cantos usando a parede como referência, queria que estivesse reta porque sim, parou diante do eletrônico respirando fundo, as mãos contidas como se fosse socar alguma coisa, a cara e a coragem de quem vai dar um grande passo e, num passinho mínimo, subiu. A balança não ligou. Tentou, sem sucesso, tirar e recolocar a pilha, deu uns pulos sobre ela, como se seu peso fosse capaz de mover montanhas e fornecer energia, se convenceu de que não funcionaria, mas não se deu por vencida. Pegou a pequena pilha redonda e fina, desceu até a casa de ferragens que ficava no prédio da frente, chegou lá a tempo de encontrar o estabelecimento aberto, não tinham uma pilha como aquela. O peito ardia de tão obstinado, ela precisava subir em uma balança naquele momento, não tinha como esperar, foi uma decisão tomada com o corpo, e o corpo é urgente. Decidiu ir até o supermercado perto de casa porque lá dentro havia uma farmácia e, dentro da farmácia, uma balança. Durante toda a infância, as idas à farmácia com os pais eram motivadas basicamente pela balança posicionada a um canto perto da porta, que podia ser ignorada na entrada, mas nunca na saída, nunca era totalmente ignorada. Na adolescência, parou com isso e parou também de comer qualquer coisa quando estivesse sozinha na rua. Se pesar e comer: ficava vulnerável e exposta com esses comportamentos, como se todo mundo fosse capaz de atravessar as camadas de gordura que a formavam e acessar o medo e o constrangimento que eram a primeira coisa, seu núcleo, um detalhe adicionado àquilo que todos podiam ver. Ela podia ser vista por todos, é verdade, e a partir disso eles já tiravam suas conclusões. Mas agora esse tipo de coisa já não tinha importância, ela tinha experimentado a situação extrema, e a situação extrema ainda era ferida aberta, enorme, nada que a cortasse cortaria mais fundo, nada que doesse doeria mais.

Chegou ao supermercado tão absorta que mal reagiu quando um homem a interceptou pedindo dinheiro, apenas respondeu que não tinha, ele pediu uma carne ou um frango, ela respondeu rápido que não ia ao mercado, moço, e entrou direto na farmácia, rumo à balança. Sempre que estava preocupada com algum processo de emagrecimento, quando cada quilo a mais ou a menos representava um sucesso ou um fracasso e, por isso mesmo, um incentivo a continuar ou a desistir, a passar mais fome ou a comer compulsivamente, se pesava apenas pela manhã e sem roupa nenhuma. Agora era mais uma coisa que não fazia diferença e, com a cabeça baixa, evitando encontrar olhares que perguntassem em que posso ajudar, subiu na balança. Cento e quarenta e seis quilos distribuídos em um metro e sessenta e oito. Oficialmente o maior peso que já teve na vida, o maior lugar que já habitou. Sentiu o corpo inteiro pegar fogo, o peito arder, fez as contas: foram mais de setenta quilos adquiridos em menos de três anos, sessenta que voltaram ao seu corpo, mais treze que se somaram como se tivessem direito, como se soubessem que ali era seu lugar, reconhecessem em tantas outras células preenchidas com gordura o potencial para se desenvolverem e se manterem, sem risco, sem ameaça: o ápice do processo evolutivo. Setenta e três quilos que foram previsíveis a partir do momento em que a balança mostrou não apenas dois quilos a mais, mas cinco quilos a mais, depois dez, depois os exercícios físicos abandonados, então as horas intermináveis de trabalho, em seguida o excesso de bebidas alcoólicas, depois a vergonha impedindo que voltasse a uma consulta com a doutora Roberta, depois dezoito e depois os números que teriam aparecido se ela continuasse a ver, aniquilada com a prova de descontrole e fracasso que qualquer quilo a mais representava, impossibilitada de conceber e aceitar que a tranquilidade momentânea que tinha vivido não passava disso: uma tranquilidade momentânea. Não tinha com que se acostumar, foi efêmero, ela não quis mais olhar e então ela não olhou mais e nunca mais olhou, até que quebrou uma cadeira e se sentiu impelida a encarar a balança outra vez.

Saiu da farmácia transtornada, um número é algo excessivamente concreto, é uma parede que aparece do nada no caminho de um corpo em velocidade máxima, ela bateu e quebrou, o número quebrou também, cento e quarenta e seis quilos. Foi direto ao mercado, agarrou uma cestinha e olhou para o relógio. Faltavam mais de três horas para Gustavo chegar em casa. Encheu a cestinha de forma automática, escolhendo a partir de números, três horas, cento e quarenta e seis quilos: que estrago era possível fazer nesse tempo para honrar esse número. Saiu do supermercado carregando duas sacolas, mas nenhuma carne e nenhum frango, jamais lembraria do pedido, se lembrasse talvez comprasse na base da culpa. O homem continuava diante da porta, olhou para as sacolas, entendeu que não tinha nada no movimento dela que indicasse que lhe entregaria algo e a encarou com um sorriso de escárnio no rosto. Gorda desse jeito não vai mesmo sobrar para ajudar os outros, e isso foi o que ela ouviu, mas ele falou ainda mais e ela ardeu paralisada, o que ele dizia era o que ela pensava, o nojo daquele homem que a xingava, a raiva porque concordava com tudo o que imaginava que ele estivesse dizendo. Ficou furiosa e sabia que podia arrebentar o filho da puta em um segundo com a força que vinha da fúria, a imagem que se formava em sua mente, ela se jogando em cima dele, tão pesada que o esmagava inteiro, tão pesada que fazia os órgãos daquele coitado se espalharem pelo chão e sujarem tudo de sangue e vísceras, o cheiro da carne dele misturado ao cheiro ruim que ele exalava, a imagem perfeita que a acendeu e fez com que se movesse enfim, abrisse a carteira e retirasse a nota de cinquenta reais que mantinha por lá para eventuais emergências, jogasse na cara do homem e dissesse, com um direito que lhe era intransferível, toma, moço, enfia esse dinheiro no cu.

A história da própria vida começa a ser contada aos sete anos, porque é ali que sua missão lhe é entregue nas mãos e ela aprende que é a única responsável pelos resultados colhidos ou não. Talvez tenha acontecido antes, não tem como saber, mas sente que foi nessa fase que a mãe percebeu que ela era definitivamente uma criança gorda. Ou foi ali que ela percebeu o que a mãe percebia havia anos já e só então era convocada a olhar junto para esse grande problema. Talvez, quando uma mãe vê, a coisa vire realidade. Nessa idade, pesava quarenta e cinco quilos, então a história da própria vida começa a ser contada aos quarenta e cinco quilos, com sete anos, quando já tinha plena consciência de que era errada e inadequada e todas as outras pessoas também sabiam, porque viam com os próprios olhos o quanto ela era errada e inadequada e diferente das amigas da escola, e já pairava na cabeça dela o pensamento de que era uma sorte mesmo assim ter amigas. Os pais, pais de uma criança errada e inadequada, a levaram a um endocrinologista pela primeira vez. Mas não tinha nada de errado com ela, era importante se exercitar, crianças devem ser ativas, o crescimento e o desenvolvimento, aliados a um milhão e meio de hábitos saudáveis que ela deveria acrescentar à rotina de criança de sete anos, dariam conta do excesso de peso, ela ainda iria diluir em altura o que agora sobrava em gordura. Mesmo assim, a família ficou um pouco abalada, tinham um problema e olharam para ela com esse olhar meio constrangido de quem é pego no flagra encarando.

 Nessa época, ganhou de presente da mãe um livro cuja personagem, uma menina que deveria ser pouco mais velha que ela, era gorda e, por isso, passou a sofrer bullying na escola. Leu o livro se sentindo representada, mas murchou ao ver que o problema da menina acontecia porque ela pesava trinta e cinco quilos e, até ler o livro, ela sonhava em pesar trinta e cinco quilos. Seguiu a leitura sem gostar daquele sentimento que crescia em seu peito pela primeira vez, era uma desesperança que oscilou inúmeras vezes durante a história, ela e a mãe lendo juntas, todas as noites, a mãe lhe fazendo carinho no cabelo e dedicando seu tempo para ler, junto da filha, uma história que pudesse ajudar, noite após noite a mesma história, ela própria não querendo saber de outra, até que alinhou seu objetivo com o da protagonista e desejou um final em comum com a menina, que conseguiu emagrecer e parar de sofrer bullying, terminando a narrativa junto de todos os colegas, correndo e brincando pela escola, feliz e grata, finalmente aceita por aqueles que não paravam de humilhá-la e que agora já não precisavam mais tratá-la mal. ▪

Talvez seja verdade o que as pessoas dizem, que organizar o espaço físico traz mesmo certo tipo de clareza mental, como se colocar a casa em ordem fosse o primeiro passo de uma jornada que se reflete também no indivíduo. Depois de um dia em que separou as roupas para doação e encarou finalmente a balança como quem fica diante do algoz de uma vida inteira, sentiu que havia pouca coisa de ordem prática com a qual não conseguisse lidar. De novo, porém, não queria lidar com Gustavo e foi para a cama correndo, assim que percebeu que ele estava para chegar, ficando imóvel enquanto ele espiava pela porta, pronta para dormir agarrada apenas na pulsão transformadora que era resultado das últimas vinte e quatro horas desde que a cadeira quebrou. Conseguiu dormir mais ou menos, exausta depois da noite anterior insone e de um dia cheio de realidade. Não foi o suficiente para descansar e também não foi tanto a ponto de parar de remoer o que encontrava revirado no seu baú de memórias, alimentando o rancor que sentia por ter virado um projeto de pessoa pronta para abrir mão da própria vida e agradar todo mundo: o beijo que não deu, o relacionamento que não assumiu, o cabelo que não cortou, as horas extras que acatava como quem não tinha uma vida fora do trabalho.

Acordou pronta para pedir demissão, se livrar de mais uma coisa, dessa vez de um trabalho que chegou à sua vida como uma promessa, enchendo-a de expectativa, estimulando primeiro seu potencial e depois seu lado que precisava entregar tudo o tempo inteiro, intoxicando-a com o tesão em forçar limites e conduzindo-a a uma rotina de exploração que não conseguia mais contornar. Era como se ela e a agência travassem uma batalha na qual venceria quem desistisse por último, ela tentando lutar de igual para igual contra um oponente que ganhava ou ganhava, não tinha outra possibilidade. Há mais de ano sentia um desconforto físico no momento em que entrava na lotação para ir ao trabalho, seu corpo reagindo à estafa da vida naquele lugar. Mesmo assim ela seguia, inerte, sem procurar outra coisa, sem desistir, seguia se desdobrando em várias para dar conta de entregas que deixassem todo mundo satisfeito, mais do que satisfeito, satisfeito demais, entregas que dissessem o tempo inteiro veja só quão boa eu sou. Quebrar a cadeira fez com que ressignificasse tudo e fodam-se a situação econômica do país, o salário decente que ganhava, a quantidade de gente que não tinha o mínimo, a carteira assinada que garantia alguns direitos trabalhistas, o egoísmo de reclamar cercada de tanta gente com tão pouco. Até agora, tal qual uma presa acuada, sentia que demonstrar medo a deixava ainda mais vulnerável a um sistema que não via limites e forçava mais e mais a barra. Sujeitava-se de forma subserviente a todas as coisas. Não mais. Tentava imaginar o que os pais diriam se soubessem que ela abria mão de um trabalho que garantia o seu sustento, com a justificativa de que tinha chegado à exaustão. Era por isso, né? Porque ninguém abandona um emprego porque quebrou uma cadeira. Uma mimada. E mimada por quem, eles se perguntariam, porque por eles que não foi. Pelo viés prático da coisa, tinha uma grana considerável guardada na poupança, cresceu aprendendo a economizar o que fosse possível e a rescisão lhe garantiria as férias atrasadas e as horas extras intermináveis.

    Era uma fuga que se apresentava como encontro, a vida se embaralhando diante de seus olhos desde que a cadeira quebrou, uma vida que parecia não apontar mais para o futuro, somente se abrir para o passado, absorver tudo o que ele tinha para contar. Levantou-se ao mesmo tempo que Gustavo mais uma vez, os dois começando juntos mais um dia como todos os outros, ela se demorando em olhares perdidos, Gustavo começando a estranhar e demorando seu olhar na namorada, que fitava o vazio. Sabia que ele estranhava o fato de chegar em casa e encontrá-la já dormindo duas noites seguidas, ela, que sempre o esperava, que nunca dormia tão cedo. O fim da noite e o começo do dia costumavam ser seus momentos de encontro desde que Gustavo decidiu que cursaria uma nova faculdade, um ano e meio antes. Na época, conversaram sobre o assunto, colocaram em xeque o medo de que isso fosse mais uma coisa que tirasse o tempo do casal, que já era escasso porque ela atendia com frequência a demandas que justificavam a fama de o mercado publicitário se comportar como cirurgia de emergência. Foi Gustavo, na verdade, quem trouxe a questão da redução de tempo dos dois juntos, antecipando algo que ela nem tinha pensado. O fato de ele se preocupar com eles como casal a fez gostar ainda mais do namorado, cada um faria o seu corre e eles se encontrariam, nem que fosse na cama, quase dormindo, se exaustos demais para o sexo, corpo com corpo dizendo boa noite, meu amor, durma bem, meu amor. Esse foi o combinado nunca cumprido, porque toda noite se encontravam dispostos, jantavam juntos e, juntos, faziam o que quisessem, ela geralmente via televisão ou mexia no celular, ele lia ou estudava, um do lado do outro, um par de horas diárias em que simplesmente estavam em companhia.

Gustavo era o seu primeiro namorado e, até então, ela nunca tinha sabido de verdade quão bom era ter um. Ela não era a primeira namorada de Gustavo, ele tinha mais experiência em ler a intimidade e fazia isso bem, olhava insistentemente para ela ao longo dos anos, vez ou outra chegando a lhe dizer que ela estava se fechando, verbalizando o que se tornava um aviso que a deixava alerta. E, quando se fechava desse jeito que nem sempre percebia, o namorado vinha lhe resgatar das profundezas, sendo quase uma versão masculina de Mariana: oferecendo colo e apoio, sem esperar que ela lhe desse maiores explicações. O Gustavo que a encarava agora, enquanto perdia seu olhar no vazio, era o Gustavo que se preparava para uma operação de resgate, sem desconfiar de que, desta vez, não teria nenhuma chance, ela sabia o que estava acontecendo e, mais do que isso, era ela quem fazia acontecer.

Nas últimas duas noites, tinha fugido da presença do namorado, incapaz de encontrar uma maneira de olhar nos olhos dele através da disponibilidade e da intimidade. As manhãs eram mais fáceis porque precisavam ser agilizados, a não ser que ele desse para ficar prestando atenção com minúcia em seus silêncios e pausas. Esperou que ele entrasse no banheiro e olhou para a nuca que fazia a higiene matinal, imaginou como seria contar para ele sobre a cadeira que quebrou. Sabia que poderia contar, mas sabia também que não importava como contasse e não importava para quem contasse, fosse para ele, para Mariana ou para qualquer outra pessoa, a experiência extrema vivida naquele bar seria imediatamente diminuída. Diriam não fica assim, não se preocupe, não foi sua culpa, não é seu problema, não é nada, deixa para lá, não se afete por uma coisa assim. Diriam isso e ela não ouviria, ouviria apenas o silêncio entre uma palavra e outra, a rapidez em desmerecer sua dor, a vontade de rir disfarçada, ouviria perfeitamente o momento em que destravariam no cérebro o pensamento de que, bem, você está mesmo gorda demais, não surpreende que você quebre uma cadeira, porque ela sabe que eles no fundo são como todos os outros, eles sempre estiveram do outro lado da moeda, dia após dia, mesmo sem querer, a vida inteira impondo a ela sutilezas que deixavam claro que ela era uma grande coisa, uma coisa nojenta, errada, incabível, e essa coisa que era ela queria apenas se sentir autorizada e não consolada.

Gustavo saiu do banheiro, se aproximou e a puxou para um beijo.

– Tô com saudade – ele disse, e ela foi na onda até sentir necessidade de virar a cara, sair do beijo e se desviar desse momento a dois com uma ansiedade crescente no peito. Ele a puxou de volta: – Tá tudo bem contigo?

– Tá, sim, o de sempre. – Ela deu um sorriso e arrematou com um beijinho nos lábios dele.

Tomaram o café da manhã juntos, presos nas amenidades seguras que ela conhecia e das quais não permitiu que se afastassem. Foram até o ponto de ônibus. Ela entrou na lotação, se sentou à janela e ficou ensaiando inúmeras maneiras de pedir demissão, reproduziu mil vezes um discurso que não faria, enquanto olhava pela janela e via carros, gente, pessoas gordas, magras, crianças, velhos, gente em situação de rua, focava na pluralidade lá de fora, o cérebro se dividindo em dois, uma parte sentindo prazer em sonhar com um discurso de demissão cheio de verdades, com um e-mail para toda a agência chutando as portas e apontando culpados, listando os abusos de poder que eram rotina e todas essas coisas, porque só abuso de poder cria as rotinas que eram obrigados a viver lá dentro – e abuso de poder de um lado mais urgência em agradar de outro faziam com que o resultado fosse catastrófico, então uma parte do cérebro matutava isso enquanto a outra parte contemporizava e calculava um discurso mais adequado, daqueles que mantivessem a famigerada porta aberta. Nunca em sua vida fechou porta alguma, deixava sempre os outros confortáveis para bater portas em sua cara, mas saía com todas abertas, cheia de modos e maneiras, falando nem mais baixo nem mais alto, cabeça erguida e sorriso humilde. Seu chefe merecia que ela o mandasse à merda, mas isso não faria diferença alguma. Talvez, se batesse nele com força, se o machucasse, se o amarrasse e arrancasse todas as suas unhas durante uma sessão de terror físico e psicológico, se conseguisse fazer com que ele acreditasse na morte iminente, aí, quem sabe, conseguiria deixar uma marca, um trauma, menos que isso nem tinha por quê. O chefe não tinha nem quarenta anos e já era chefe há tempo demais, aprendeu cedo que funcionários de agências de publicidade podem ser divididos, grosso modo, em dois grupos: os que trabalham para pagar as contas, que podem até curtir o emprego, mas precisam do dinheiro; e os que trabalham quase como hobby, sem pressão alguma, jovens oriundos de classes mais abastadas que se multiplicam nesses ambientes, colocando a média salarial lá embaixo porque nunca negociavam quanto recebiam.

    Pronta para pedir demissão, ela odiava o chefe: agora toda a sua fúria era direcionada a ele. Eles já tinham se dado muito bem, mas agora sentia o que devia ser cólera, só de pensar no que tinha se transformado sua vida, seu humor e sua autoimagem, como se ele tivesse feito isso sozinho. Sentiu a vagina pulsar ao imaginá-lo deitado pelado em uma cama de pregos, todo tenso e contraído, o pau tão pequeno que mais parecia um clitóris, homenzinho ridículo fazendo uma força apavorada para manter o corpo quase levitando e não ser perfurado. Imaginava-se correndo, pelada também, com muita velocidade, seu corpo balançando inteiro, as tetas acertando a barriga e o queixo, ela então pegando impulso, dobrando os joelhos e se jogando num pulo calculado, se jogando em cima dele com todo o seu peso, o corpo imenso não dando nem chance para aquele pobre coitado, ele inteiro perfurado, ela levemente machucada, os pregos sem tamanho suficiente para entrar fundo em tanta gordura, carne com carne, a dele completamente esmagada e triturada, um tapete de sangue no chão. Salivou com um sorriso nos lábios e viu que estava na hora de descer. Levantou-se do banco, olhou ao redor esperando que a olhassem também, acenou para o motorista, que parou e abriu a porta, desceu os três degraus apoiando-se na lateral e caminhou a quadra que a separava da agência.

O ódio que sentia por aquele lugar se intensificou depois da cadeira, não fosse o inferno completo, ela nunca teria nem entrado naquele bar. Sempre lhe pareceu natural que fosse fato estabelecido que ela ficaria noite após noite, se necessário, dando jeito em trabalho extra que demandava mais equipe, dando jeito em trabalho malfeito de outras pessoas, outras pessoas mais importantes do que ela, com salários incomparáveis, os diretores, que eram quem assinavam os *cases*. Pensa em cada um dos colegas e não tem dúvida de que jamais conseguiria uma vaga neste lugar hoje em dia, porque infelizmente gordura não é vaga afirmativa. Não que quisesse dizer muita coisa ser vaga afirmativa.

No Dia Nacional da Visibilidade Trans, recebeu a pauta urgente de criar publicações para as redes sociais da agência mostrando como a inclusão era levada a sério naquele ambiente, mas aconteceu que não tinha nenhuma pessoa transexual entre os funcionários. No fim, a peça acabou sendo uma espécie de compromisso público em fortalecer a diversidade interna, coisa que só aconteceria de novo próximo a alguma data que chamasse a atenção. Mas, no caso dela, a vaga foi conquistada havia três anos, naquele hiato de tempo em que viveu uma vida privilegiada na qual era fácil conseguir boa parte das coisas, *você sendo chamada pra uma entrevista de emprego ainda durante a faculdade, uma posição de assistente que, naquela época, estava alinhada aos sonhos que você tinha, você contou pra sua mãe sobre a entrevista e a primeira coisa que ela lhe recomendou foi contar para o entrevistador que você estava fazendo uma dieta, tinha certeza de que isso poderia ajudar, você ficou se sentindo péssima com o conselho da mãe e, durante a entrevista, a recrutadora perguntou se você tinha problemas de saúde e enfatizou que era importante a imagem pessoal, e você inventou um tratamento hormonal que te deixou acima do peso e que já estava em acompanhamento nutricional e tinha eliminado seis quilos no primeiro mês, fácil assim, os outros vinte quilos seriam eliminados tranquilamente porque você era muito disciplinada, e você saiu de lá sentindo que tinha se traído de uma maneira totalmente imperdoável, mas a verdade é que você passou uma vida inteira não cabendo e se traindo pra tentar caber, você nunca foi boa em questionar se os espaços em que estava tentando se enfiar não eram pequenos demais pra você.* As pessoas não percebiam como davam fácil o que uma pessoa agradável aos olhos e correspondente aos padrões queria. Lá atrás, não teria sofrido tanto para pedir uma única folga no dia anterior, tinha certeza disso. Ou até teria sofrido, tem coisas que são dela e ninguém tira. Tinha se sujeitado a esse lugar para além da saída que ele representava a um mundo cada vez mais caótico e inseguro. Era um sintoma dessa coisa que achavam que ela era e que ela topava ser, sempre querendo agradar e dizer sim para tudo, temendo horrivelmente mais uma impressão negativa, outra além da sua aparência, por isso mesmo não deixava espaço para que lhe dissessem as obviedades que não faziam diferença, mas que poderiam parti-la ao meio, tal como ela partiu aquela cadeira, você precisa se comprometer mais com o cliente, com a agência e consigo mesma, está na hora de perder um peso se quiser manter uma boa imagem. Como assim você não pode virar a noite na agência hoje? Quer ir para casa fazer o quê? Comer até explodir? Falta pouco, hein.

De pavor em pavor, acabava colecionando histórias que mostravam o quanto se sujeitava: trabalhar até as cinco da manhã, ir dormir às sete e receber olhares tortos por não ter chegado às nove; trabalhar vinte e quatro horas seguidas em um final de semana, a ponto de pedir ajuda e ouvir que a ajuda não vinha, ouvir de um jeito terno você dê jeito de dormir no computador hoje, se for o caso, viu, que amanhã o dia já está cheio com outras pautas; a culpa por querer trabalhar menos, trabalhar as oito horas do seu contracheque; a sexta-feira em que Gustavo a esperava com o jantar para comemorar os dois anos de namoro e ela não conseguiu chegar, não conseguiu sair, foi obrigada a virar a noite e escutar do chefe que ele liberaria pizza e cerveja, dessa vez ela ia ficar feliz em trabalhar até mais tarde, hein, enquanto lhe dava uma piscadinha, abanava para geral e saía para viver a vida, a equipe sempre formada por alguém diferente e ela, ela marcando ponto em cada um dos abusos, todos esses repetidos à exaustão, ela a única constante da coisa toda, a única que não conseguia parar de dizer sim. Durante esses anos, Gustavo se incomodava com a falta de estabilidade das suas horas de trabalho, com o pouco que as leis trabalhistas eram respeitadas, com o tanto que ela simplesmente aceitava. Ela ficava em silêncio: não reclamava, dizia que era da profissão e, no fim das contas, foi o que ela escolheu fazer da vida. Quietinha, acreditava que daria conta de tudo sem morrer, dizia para si mesma que as coisas melhorariam, ficou quietinha, mas somando os excessos, um a um, que foram virando incontáveis, até que ela se permitiu começar a reclamar em casa, na intimidade da vida, primeiro de um jeito sutil, depois bradando que não aguentava mais, dando uns berros de raiva e desespero, o elefante solto que só sabia fazer o caminho indicado pelo comprimento da corda na qual ficou preso a vida toda. Foi aí que Gustavo sugeriu que ela assumisse um compromisso semanal consigo mesma, ideia brilhante e recente que a levou àquele bar onde quebrou uma cadeira.

Chegou e foi direto até sua mesa de trabalho, onde alguns colegas já abriam seus arquivos. Cumprimentou a todos ansiosa e, ansiosa, foi até o chefe, convocando-o para uma das salas de reunião. Apontou para que ele sentasse em uma cadeira e sentou com cuidado no sofá, isso é muito difícil pra mim, eu tô me demitindo, como assim, assim, eu sinto que, no momento, não tenho mais o que se precisa pra trabalhar aqui, acho que tem um ciclo que tá na hora de fechar e tal, mas vai fazer o que então, tá indo pra outro lugar?, a gente cobre, tô te dizendo, ainda não, vou dar um tempo, cuidar da minha saúde, tô precisando dar uma parada, a gente sabe que tu tá precisando disso, o lance de cuidar da saúde, mas será que não tem como conciliar as coisas? Pensa em como tá o país, será que ficar sem trabalho agora não vai piorar o lance, há, o lance da saúde? E se a gente negociasse o horário? Não me enrola e sorriso forçado revirando os olhos, qual horário é esse que a gente pode negociar, o da carteira de trabalho ou o que eu tô fazendo mesmo, que meio que é vinte e quatro horas por dia, hein, e o sorrisinho mantido, ousado e cínico, mas atenuante da situação toda. Estava se saindo bem, não tinha chorado com o pavor, com a culpa que a tomava, fazia como sempre, calculava cada frase como se português fosse matemática, a vida a partir da calculadora que ganhou quando tinha dez anos, reprimindo aquela frase a gente sabe que tu tá precisando disso mesmo, o lance de cuidar da saúde junto de todas as outras tiradas que ele já tinha lançado contra ela ao longo dos anos e das fases do seu corpo. Ele tentou de mil formas evitar que ela se demitisse, foi firme, depois foi gentil, depois foi insistente e, mesmo assim, ela permaneceu irredutível, firme mas suave, emulando comportamentos de outras pessoas, agindo com uma confiança que era oscilante, é verdade, mas que, ainda assim, estava ali. Ela tinha tomado a decisão de pedir demissão e estava pedindo demissão, essa autoconfiança que só lhe parecia possível porque tinha chegado, de vez, ao fundo do poço, um lugar onde não se teme perder coisa alguma e, mais do que isso, ela percebia que, desta vez, o fundo do poço não permitiria impulso nenhum.

  Ele se levantou visivelmente irritado e ela atingiu a plenitude naquele momento. De verdade. Tanto que ainda conseguiu dissimular, só mais uma coisa, aprendi muito contigo, viu, muito obrigada, viu, só assim, eu não tô dando os trinta, viu, a partir de hoje eu realmente não trabalho mais aqui. O chefe saiu direto para a sala de RH e ela foi direto para a sua mesa, os colegas todos em volta do diretor de arte, estudando as variações de cores na identidade visual da campanha que entrou de última hora e teve que ser criada madrugada adentro, aquela que não foi apresentada no dia anterior porque ela não foi para a agência, que estava na pauta para ser apresentada naquele dia e ela, mais uma vez, não apresentaria. Juntou-se a eles para dar sua opinião e, enquanto falava sobre um elemento que mudaria na imagem, contou que tinha se demitido, que estava indo embora desde já, a gente se vê por aí, vamos marcar um bar de comemoração, pelo amor de Deus, eu tô feliz por ti, eu também tô feliz por mim, esse mercado é um ovo, a gente se vê. Antes de sair da agência, ainda precisou responder à proposta absurda de seguir com a carteira de trabalho assinada por mais uns meses, mesmo sem trabalhar, quem sabe esse tempo a descanse, quem sabe esse tempo seja o suficiente pra você, há, cuidar de você, quem sabe depois você possa voltar tranquila pra agência, seu lugar sempre guardado por aqui, tantas horas extras e férias atrasadas, isso dá alguns bons meses com certeza. Com todas as letras, disse que não e disse também que precisava da calma, do silêncio e de se livrar dessa ansiedade. Não. Insistiram mais uma vez até que ela disse que já tinha calculado quanto receberia, sempre guardava os comprovantes de ponto e calculou suas horas extras, disse que precisava do dinheiro. O dinheiro compraria o tempo para ela ver de que jeito lidaria com seu mar revolto, para ela deitar no sofá pelada o dia inteiro e acessar, uma atrás da outra, todas as memórias de sua vida inteira, essas que ela estava recolhendo e acumulando, para pensar no que fazer com essa coisa toda, tentando descobrir também quem era ela, tentando descobrir qual o seu sentido, essa coisa que as outras pessoas buscavam e que ela sempre achou que tinha na palma da mão, confundindo sentido com objetivo, e fazer tudo isso sem carregar o peso de talvez, eventualmente, ter que viver esse momento de pedir demissão mais uma vez, repetir que queria cair fora, passar por toda a ansiedade que isso lhe causava. Merecia que as contas pagas dos próximos meses não viessem à custa desse fardo, sem se preocupar que seus pais imaginassem a besteira que ela ousou fazer, abrir mão de um emprego desse jeito, merecia todo o tempo do mundo para um ócio criativo a que a publicidade não dá direito, se entregar em segredo a fosse lá o que seu corpo quisesse fazer, antes que Gustavo percebesse que ela estava completamente desencontrada, e arrancasse à força o que diabos estava acontecendo com a namorada, determinada a voltar para dentro de si mesma.

Pesava cinquenta e oito quilos quando ganhou de presente a primeira calculadora, no aniversário de dez anos, um incentivo que pretendia honrar a cada refeição. O presente veio junto da primeira consulta em uma nutricionista e ela passou a ter em mãos a ferramenta para calcular a caloria de cada alimento que consumisse, graças a uma lista disponibilizada pela profissional, documento que ficava sempre em cima da bancada da cozinha, ao lado do cesto de frutas. No almoço, por exemplo, podia consumir trezentas e treze calorias e se sentia poderosa demais calculando bife, arroz, feijão e cenoura para chegar a esse número. Logo antes do almoço, a mãe avisava o que seria servido e ela se sentava no seu lugar da mesa com folhinha e calculadora, somando e subtraindo, tirando a colher de cenoura ralada que daria treze calorias a mais do que o indicado, a mãe orgulhosa com o comprometimento, o investimento, o dinheiro bem gasto. ∎

Manteve-se no peso, conquistado a muito custo, por mais de ano, não como resultado natural de um processo de emagrecimento saudável, mas como consequência de uma vigilância doentia que a fazia calcular cada caloria consumida e bater ponto diariamente, e até a exaustão, na academia. Não fosse assim, não se manteria ali. Todo dia aprendia, a duras penas, que o peso que habitava não era seu, uma intrusa, visita inconveniente que se esforça demais, com medo de ser finalmente expulsa de uma casa que não lhe quer bem. Roberta orientava, mas não tinha como controlar o que fazia fora do consultório, não tinha como saber que o sentido inteiro da vida da paciente se resumia aos resultados periódicos da máquina de bioimpedância. O peso podia oscilar até dois quilos, nunca mais do que isso. Era preciso estar atenta. Tinha aprendido essa regra em uma das tentativas frustradas, anos antes, quando emagreceu vinte e cinco quilos a partir dos cento e quinze, mas desistiu do processo no meio, depois de frequentar um programa que feria qualquer resquício de amor-próprio que pudesse ter. Na época, participou de um autointitulado centro de tratamento de obesidade, que unia um cardápio padrão de fome a encontros em grupo que serviam para cada um compartilhar suas dificuldades, seu peso e como era sua relação com a comida, sem nunca nunca nunca falar o nome de alguma comida. Soava um alarme quando alguém dizia sorvete ou chocolate. Da primeira vez que disse a palavra massa, se assustou achando que era um alarme de incêndio, mas era só a psicóloga com uma buzina exagerada chamando a sua atenção. O programa seguia uma lógica usada para lidar com o vício, mas tudo naquele lugar que tratava os chamados "viciados em comida" lhe parecia errado. Participava dos encontros três vezes na semana, todas as semanas, contando com a vigilância constante para diminuir a chance de cometer deslizes. Não existem carrascos mais poderosos do que uma balança e olhares atentos. Assim que chegava ao centro, a primeira coisa que fazia era subir na balança, checar o peso do dia diante de uma funcionária e anotar o número em um cartãozinho que todo mundo recebia no início do tratamento para depois compartilhar em voz alta os seus resultados. Sentados em círculo, todo mundo falava o nome, o peso e a diferença entre a última pesagem e a pesagem atual. E depois falavam sobre as próprias questões, sempre atentos para não usar termos que fizessem soar buzinas.

Durante alguns meses, esse formato de tratamento deu certo pelo simples prazer de chegar e mostrar um peso menor do que o do encontro anterior. A competição que travava consigo mesma, desde sempre, finalmente encontrando um palco para performar. E, apesar de estranhar a gordofobia que exalava daquele lugar, numa época em que essa palavra ainda não era popularmente usada, foi o que a fez seguir em frente, o sentimento de superioridade que vinha a cada quilo perdido diante dos olhos de todas aquelas pessoas. Um sentimento que oscilou: numa segunda-feira, se deparou com três quilos a mais na balança, mesmo depois de um final de semana impecável em que evitou sair de casa para seguir à risca o planejamento alimentar.

No sábado, as amigas tinham ido até o apartamento que dividia com Mariana para se arrumarem e saírem todas juntas, reunião regada a álcool e pizza. Para não cair em tentação, inventou uma enxaqueca e não saiu do quarto, tão ansiosa que achou totalmente possível que a enxaqueca, de fato, surgisse, começando pela perda de sensação e de força nas mãos, a vista que ficava turva, a língua e os lábios formigando, a incapacidade de falar, o rosto ficando dormente e, só então, a dor. Não teve enxaqueca, mas não se misturou, não consumiu uma caloria extra, não vacilou. Por isso, não ficou desesperada ao ver os três quilos a mais na balança e inclusive soube culpar a chegada do período menstrual, era inchaço. Falou do seu peso se justificando, comunicando o motivo do excesso, se antecipando em compartilhar a vitória do final de semana. Mastigou a própria saliva de raiva quando a psicóloga respondeu que o processo de emagrecimento num lugar como aquele exigia honestidade, tanto consigo mesma quanto com o grupo. Mastigou a própria saliva inúmeras vezes, parecia que pagava por uma humilhação sistematizada que fugia pouco da humilhação do dia a dia. Começou a sentir raiva de todo mundo, como se as pessoas fossem culpadas por admitir sentimentos com os quais ela própria lidava desde criança, mas não se permitia a vulnerabilidade necessária para compartilhar. Era deslocada naquele lugar e foi justamente essa imagem de deslocada que a fez perder a paciência na última vez que frequentou o centro.

Uma senhora, nos seus sessenta e poucos anos, sentia pavor extremo de gente gorda, sempre sentiu. Sofria muito por agora, do nada, se ver enquadrada nessa categoria, uma categoria abominável na qual não merecia estar. Procurou o centro pela sua reputação de proporcionar emagrecimento rápido, já que, em dois meses, faria uma viagem para a praia com os filhos cheios de grana e as noras jovens e magras, e como é que eu vou usar biquíni com esse corpo e obrigar todo mundo a ficar olhando pra mim? Ela finalizou seu drama depois de passar cinco minutos inteiros falando como sempre foi cuidadosa consigo mesma, ao contrário da vizinha, uma gorda que não mantinha nem o cabelo decentemente arrumado, e você pode ficar tranquila, viu?, porque agora você realmente é gorda, não se engana, tá, é gorda mesmo, então não tem importância. Baixa a bola e relaxa, ninguém vai estar nem aí pra ti, gorda e velha é uma soma que invisibiliza, e ela ainda revirou os olhos e deu uma risada. Foi duramente repreendida pela psicóloga, que nem questionou o jeito como a senhora falou, mesmo que indiretamente, sobre cada uma das pessoas naquela sala. O que a senhora tinha dito era basicamente o manifesto do centro de tratamento.

Desses encontros horríveis, que recebiam todo tipo de gente, muitas pessoas como ela própria, muitas pessoas ainda mais vulneráveis, outras que caíam lá de paraquedas, como a mulher que pesava setenta e dois quilos, mas precisava pesar sessenta e oito para se sentir bem, o denominador comum, reforçado pelos psicólogos que conduziam as conversas, era a crença de que existiam inúmeras ferramentas para que todos fossem magros e qualquer resultado que não um extremamente positivo era um fracasso individual. Os cartazes mostrando pacientes que emagreceram quarenta, cinquenta, sessenta quilos nunca traziam no verso o tempo que esse emagrecimento durou, e era comum ver a pessoa que estampava o banner de propaganda com o dobro de peso, sofrendo com o reganho durante as reuniões. Ela comprava esse discurso naquele tempo e só foi entender que aquilo não era verdade a partir do momento em que encontrou Roberta, que falava coisas como fazer o melhor dentro do possível e aceitar que a vida era isso aí. Depois de anos tentando resolver um problema que era apenas dela, ficar autocentrada tinha sido uma consequência natural. Descobrir que ela também estava além das próprias capacidades tirou peso dos seus ombros, que não ficaram leves, pelo contrário: saber que não precisava ter carregado sozinha um fardo tão pesado pela vida inteira trouxe um peso diferente, mas era impossível lidar com tudo, e o que ela queria de verdade era, enfim, emagrecer. E emagreceu, com uma rigidez militar e uma disciplina apavorante, fruto de anos de treinamento, comprometida até o fim com o ponteiro da balança, cada vez mais baixo, entrando em uma espiral doentia e escondendo isso a todo custo, perdendo medidas, cabelos e sono, perdendo eventos e energia, comemorando marcas como quarenta e oito horas ou até setenta e duas horas sem comer, tolerando a dor de cabeça como uma constante dessa vida nova, mentindo para a própria médica e dando seu melhor, como sempre, na missão de desaparecer ou, pelo contrário, se diminuir tanto a ponto de começar a ser vista, encarando com estranhamento o tratamento que passou a receber de todo mundo, sem nenhuma motivação, descobrindo que as pessoas eram gentis, descobrindo, por consequência, que elas eram escrotas demais, tentando não prestar muita atenção no medo da humilhação que diminuía conforme ela diminuía, pegando leve em todos os outros aspectos da vida, se permitindo mais, deixando de lado a insegurança, deixando de compensar tanto o tempo inteiro, fazendo tatuagens onde quisesse e ficando loira sem ouvir, pela primeira vez, um único comentário de sua mãe, conseguindo o emprego que queria na agência que queria e experimentando um surto criativo extremamente prazeroso, saindo todos os finais de semana, conhecendo, enfim, Gustavo.

Era sexta-feira à noite e ele estava em uma festa de música pop com centenas de outras pessoas. O estabelecimento com dois andares, espaçoso e cheio de gente, todo mundo espremido, a pista de dança a anos-luz do ideal, longe de parecer uma pista de dança como as dos clipes de música, onde todo mundo consegue dançar com espaço suficiente. Fumante ocasional, esbarrou com Gustavo no fumódromo e não se perderam de vista até que, inevitavelmente, acabaram se perdendo de vista. Não foi nada eletrizante, mas sim esse tipo de cisma que rola entre pessoas em uma festa, quando todo mundo vê o potencial de todo mundo, o tipo de experiência que, tal qual a gentileza de estranhos, era novidade em sua vida. Horas mais tarde, bêbados demais, se reencontraram no bar e se beijaram antes de trocar qualquer palavra, o gosto óbvio de cigarro e álcool, com uma graça e intensidade que eram combustível nessa fase, sem imaginar que ficariam juntos de verdade, protagonistas desse tipo de história de amor medíocre, como costumam ser as histórias de amor da vida real. Foram para casa juntos, passaram o dia seguinte juntos, assistiram à programação da televisão aberta, ela reparando em como ele era bonito, constatando que esse parecia seu único diferencial, ainda não o conhecia e, mesmo que o conhecesse, sentia que já não precisava provar nada a ninguém. Sentia esse tipo de liberdade, sabia que não era liberdade, sabia que estava condicionada a isso, escolhia ignorar, escolhia sentir como liberdade, ele podia não ter muito a oferecer, ela não sabia, ela não precisava mais de ninguém reforçando seu valor. Escolhia pensar que estava tão leve que aprenderia a olhar para as pessoas – os homens – com o mesmo olhar que Mariana, generoso, que encontra qualidades e consegue ver alguém exatamente do jeito que a pessoa é.

Naquele dia com Gustavo, usou a ressaca como desculpa para não comer nada, mesmo nos momentos em que ele comia, tentando compensar as calorias vazias do álcool consumido na noite anterior, dois dias à base de água e seu peso se restabeleceria, um crime contra si mesma. Foi um dia extremamente agradável e a companhia de Gustavo era calma e divertida. Na semana seguinte se encontraram três vezes, na outra mais três, depois começaram a passar os finais de semana juntos, saíam juntos. Gustavo conheceu os amigos dela, foram jantar na casa de Mariana e Arthur, que moravam juntos havia mais de um ano, a essa altura. Gustavo trazia uma tranquilidade e uma constância com as quais ela nunca tinha tido a oportunidade de se deparar. Nada era grande e nada era pequeno, a oscilação de humor dele era tão sutil que às vezes ela nem percebia. A dela, na época, também era sutil, mas de uma sutileza construída à força. Era pragmático, bonito, fazia com que ela se sentisse amada, feliz, segura, estava ali. Tinha a sua idade, vinte e sete anos, morava sozinho desde os vinte e cinco, foi sua primeira atitude, assim que terminou a faculdade de administração e conseguiu um emprego no setor de vendas de uma empresa de telecomunicações, um emprego que tanto fazia, mas pagava as contas direitinho. Pensava em encarar uma nova faculdade, queria estudar letras, quem sabe ser professor de literatura, uma graça que alguém tão pragmático pudesse ter esse tipo de devaneio romântico. Fazia seis meses que estavam se vendo quando o locador de Gustavo vendeu o apartamento em que ele morava. Ela aproveitou que queria sair do próprio apartamento e propôs, tamanha a sua autoestima, que procurassem um lugar juntos, tinha pressa de viver essa experiência. Gustavo topou de imediato, fizeram uma lista de imóveis pela internet, visitaram vários, até que entraram no apartamento atual, se olharam e sorriram, era ali. Pegou o medo óbvio que sentia, primeiro dobrou e depois amassou e o fez desaparecer no seu alvoroço interno. Estava feliz, tinha precisado apenas de alguns meses para conseguir dividir o aluguel, as contas e a vida, precisava cuidar para não se perder em devaneios, "e se" era uma brincadeira proibida, precisava se controlar, o que importava era que ele estava ali agora.

Aos setenta e três quilos, completou treze anos. Foi um período de grande oscilação no peso, sempre um quilo a mais, meio quilo a menos, rastreio constante e assim por diante. Nessa época, as amigas, todas quase um ano mais velhas, já haviam menstruado e estavam mais altas e com peitos maiores. Ela era a mais baixinha e rechonchudinha. Induziu o vômito pela primeira vez, utilizando uma escova de dentes. Poucos meses depois, ficou menstruada e se viu quase dez centímetros mais alta do que todas as amigas. Tinha pernas mais grossas, quadril mais largo, cintura maior e nenhum resquício de um corpo que havia pouco fora infantil. Foi a primeira vez que sentiu uma atração física intensa por um menino e, apesar de as amigas todas já terem beijado na boca, ela resistiu, imaginando o que a mãe diria se soubesse que ela já queria se meter com essas coisas, e acabou perdendo sua chance de vez, depois que ele se mudou de cidade. Pesava setenta e cinco quilos quando deixou de beijar o primeiro menino que quis desesperadamente beijar. ▪

Depois de pedir demissão, passou no mercado e foi para casa com uma tarde inteira para ficar jogada no sofá, alimentando o corpo com comidas inomináveis, e o espírito, essa parte separada, com o episódio da cadeira, que não tinha nenhuma perspectiva de diminuir dentro dela. Livrou-se das roupas e revisitou o próprio corpo, de cabo a rabo, mais uma vez, para só então se espalhar pelo sofá. Já não tinha mais um emprego, sentia que agora estava cem por cento pronta para a sua busca interna, sem precisar representar uma existência em que aquela cadeira não quebrou. Podia deixar que isso crescesse o tanto que quisesse, podia passar os dias todos remoendo o fato e acolhendo todas as coisas que de repente começaram a gritar em seu peito, como se fosse algo físico, uma dor que apertava entre os seios e ardia sob as unhas, lembranças que vinham como ratos escapando de um bueiro, *você andando na rua, apenas existindo, arrumada pra encontrar as amigas e ir a uma festa, caminhando com pressa em uma rua agitada, noite de outono fria na medida, você passou por dois caras que visivelmente estavam indo a uma festa à fantasia, eles sorriram e você sorriu de volta, um sorriso de cúmplice, como alguém simpática que sempre teve que ser simpática e, assim que passa por eles, o Jack Sparrow fala gorda e os dois caem na gargalhada, do nada você palco pra entretenimento desse tipo de cara; ou o cara que marcou um encontro por aplicativo de relacionamento, você chegou antes no bar e por isso mesmo conseguiu ver tudo, o cara chegando ao bar, olhando pra você, guardando o celular no bolso e saindo porta afora, sem precisar dizer uma palavra; o soco na barriga que a sua mãe lhe deu enquanto arrumava uma saia em volta da sua cintura para o aniversário de uma amiga e se frustrava com a própria impotência diante do tamanho do corpo da filha, a saia mais justa do que estava um mês atrás, quando tinha sido comprada, os pneus de gordura saltando do elástico, você não tem mais jeito, mesmo*; lembrando tanto que parecia tudo, sentindo que lembrava de tudo agora.

A contenção precisava vir apenas quando estivesse com Gustavo, em algum momento não poderia mais fingir estar dormindo quando ele chegasse e aos finais de semana não teria como fingir um desmaio. Às seis da tarde, recebeu uma mensagem do namorado querendo saber se ela ficaria até mais tarde na agência porque, se ela não ficasse, ele planejava matar aula e ir direto para casa, que tal cozinhar algo legal, abrir um vinho e passar um tempo juntos. Sabia que se ele dizia que tinha pensado em matar aula, o faria independentemente dela, por isso respondeu que saiu um pouco antes e estava a caminho de casa. Levantou-se com pressa para juntar todas as embalagens de ultraprocessados que estavam jogadas no chão, pensou no termo ultraprocessados e em como sentia que isso não fazia diferença nenhuma para ela; apesar de poder consumir outros tipos de alimentos, se preocupar com isso era algo completamente dispensável, não merecia coisa melhor. Então se vestiu com a mesma roupa que usou para sair de casa pela manhã e tratou de recolher as embalagens e levá-las até o lixo compartilhado do condomínio. Nesse horário, o namorado levaria quase uma hora para chegar em casa, mas a ideia de ser pega no flagra a deixou agitada e ansiosa. Entrou de novo no apartamento, sentou na poltrona da sala com a bolsa sob os pés e ficou esperando Gustavo chegar, olhando vídeos repetidos à exaustão por criadores de conteúdo diferentes nas redes sociais. Pouco depois das sete, a chave girou na porta.

– Oh, que milagre quem já está aqui. – E foi até ela para lhe dar um beijo na boca.

– Quem acredita sempre alcança.

– Pensei em passar no mercado e comprar algo pra fazer uma janta pra gente. O que tu quer comer?

– Pode decidir, mas traz o vinho e uma cerveja gelada pra ser o tira-gosto, por favor.

Os dois riram e ela disse que ia para o banho enquanto ele fazia as compras. Foi para o banheiro antes de ele sair e, assim que ligou o chuveiro, foi surpreendida pelo namorado pelado entrando no box também, perguntando se poderia se juntar a ela. Puxou a toalha rápido para cobrir o corpo, gritou apavorada que ele saísse, e ele saiu, pedindo desculpas, sem entender a reação exagerada de quem sempre compartilhava a ducha com ele, sem poder entender que quebrar a cadeira em um bar deu à namorada uma dose extra de paranoia, ela se sentindo autoconsciente de um jeito inédito durante o relacionamento com ele, ela precisando, sozinha, desbravar os limites de um corpo como o seu, que foi capaz de fazer com ela algo que todo mundo sempre avisou que faria.

Gustavo saiu rapidamente e ela tomou um banho demorado, chorando sob a água, ainda nervosa com o jeito como ele invadiu um espaço onde ela estava nua, tomando banho, quase como quem invade seu corpo, como quem acha que tem um direito absoluto sobre ele. Perguntava-se se ele achava isso mesmo, que ela estaria sempre completamente disponível para as suas vontades, porque tem um medo absurdo de que ele decida partir, como se ela jamais fosse conseguir coisa melhor em lugar algum, como se fosse o mínimo que ela poderia fazer por ele depois de ele continuar ao lado dela. Quando se acalmou e saiu do banho, com o cabelo molhado e de pijama, Gustavo já estava de volta, tirando as compras da sacola, vinho, cervejas, massa, tomate pelado e carne.

– Tá tudo bem contigo? – ele perguntou sem se virar totalmente, olhando para ela enquanto acabava de esvaziar a sacola, um doce em mãos para a sobremesa.

– Tá sim, desculpa por antes, eu só queria ficar um pouco sozinha, me assustei, sei lá.

– Sabe o que eu estou pensando aqui? Que faltam uns dez dias para o teu aniversário. Decidiu se quer comemorar, fazer alguma coisa, os trinta finalmente chegaram e tal?

– Pior que ainda não decidi, não, vou pensar no assunto.

– Me avisa que eu te ajudo.

– Tá bem, amor.

Abriu uma cerveja para si e outra para Gustavo e se sentou à mesa enquanto ele começava a preparar o jantar. A cada dois minutos o namorado vinha e lhe dava um beijinho suave nos lábios, os dois conversando sobre qualquer coisa, ela fazendo força para ignorar todo o resto. Gustavo sempre parecia genuinamente preocupado com o bem-estar dela, mas agora ela não sabia até que ponto isso não acontecia só porque o bem-estar dela influenciava diretamente no bem-estar dele. Às vezes sentia raiva de Gustavo por ser assim. Agora que tudo estava vindo à luz, que ela não se escondia atrás de uma magreza efêmera e impossível nem de uma tentativa que pudesse aplacar um pouco a culpa, *você é gorda desse jeito e deu*, entendia o quanto sua vida afetiva também havia sido pautada pelo corpo, não apenas a vida sexual, apesar de que, até conhecer Gustavo, tudo meio que se resumia à questão do sexo. Os relacionamentos que aconteceram e os que deixaram de acontecer, não os que ficavam nas sombras, como se ela fosse a realização de uma perversidade, mas os que se permitiam a luz do dia e aconteciam, de certa forma: todos esses encontros e entregas se desenrolaram a partir de quem ela era, não apenas uma mulher gorda, mas uma mulher que, a vida inteira, desde criancinha, aprendeu que valia muito menos porque era gorda e, não querendo valer menos, aprendeu que era importante compensar, fazer as pessoas verem, à força, um valor que se escondia dentro dela, bem fundo sob as camadas de gordura.

O primeiro amor, por exemplo, Henrique era o seu nome, aquele primeiro acelerar verdadeiro de coração que viveu aos quinze anos e que precisava ser algo impossível, não fazer sentido algum, dar errado simplesmente porque ela não merecia que desse certo, porque dar certo ia de encontro à narrativa em que acreditou desde o começo da adolescência, desde a infância, nenhum homem que valesse a pena iria querer alguém que não valia tanto a pena. Nas urgências e grandes importâncias juvenis, não precisou de muito esforço para fazer dar errado e sofrer com lágrimas e corpo inteiro, sofrer por um destino que já era mesmo seu, sofrer porque confirmar aquilo que já sabia era algo passível de sofrimento mesmo, a vida com um dedo em riste dizendo eu avisei. Henrique lhe disse que ser apaixonado por ela parecia uma espécie de teste, cada um amando de um jeito e ela, de fato, testando, forçando a barra, agindo com indiferença, armada até os dentes, jovem demais.

Lembra a expectativa absurda por perder a virgindade na época e o absurdo que seria perder a virgindade, a virgindade como uma transgressão que, mais tarde, ela descobriu ser coisa da idade, mas que, lá atrás, não conseguiu superar, não deu para Henrique.

Na faculdade, já livre da virgindade, encarou uma atualização na sua perspectiva: não queria ninguém que a quisesse de verdade, ninguém era suficientemente bom para ela, ninguém era perfeito. Quando morou com Mariana, invejava o desprendimento que a amiga tinha em assumir relacionamentos com uns caras que ela julgava nada a ver e se perguntava como a colega nunca ficou travada com o que os outros iriam pensar. Ora a desprezava um pouco por isso, ora a amava ainda mais justamente por isso. Agora ela entendia por quê. Não era como Mariana, por isso mesmo viveu anos e anos orbitando Otávio, toda a sua energia focada nesse relacionamento que nunca existiu, achando-o bom demais para ela simplesmente porque ele escolhia não assumi-la, ao mesmo tempo que sentia que era ele a pessoa que não merecia nunca ser assumida, um cara que, na época, não encontrava uma motivação na vida, pulava de um emprego para outro e passava os dias fumando maconha com o dinheiro enviado pelos pais. E agora estava ali, dividindo a vida com Gustavo; Henrique, Otávio e todos os outros lá atrás, nenhum deles com a chance que Gustavo teve, de encontrá-la num momento com menos muros, alguém que merecia admiração e respeito, que conseguia dar o que recebia e, mais do que tudo, conseguia receber.

Gustavo teve a chance de se apaixonar por ela e ela teve a chance de, desarmada, se apaixonar de volta. Não tivessem se conhecido quando se conheceram, sentia que Gustavo nunca teria assumido um relacionamento com ela, mas ela também nunca teria assumido um relacionamento com ele. E, contra a certeza de que qualquer um iria embora no momento em que ela estivesse do jeito que estava, Gustavo permanecia, seguiam a vida juntos, aparentemente com o mesmo amor e a mesma dedicação, por mais que ela tivesse uma vida à parte agora. Mas sentia que Gustavo ao seu lado era algo em que precisava prestar atenção, o que era certo até agora não podia ser dado como certo para sempre.

Percebeu o namorado com uma cerveja cheia na mão a encarando. Sabia que estava, mais uma vez, perdida em devaneios e disfarçou com um sorriso:

– Eu nem perguntei, mas tu quer alguma ajuda? Não? Ah, que ótimo, porque estamos só nós dois aqui. – Força uma brincadeirinha, que é retribuída com uma imitação do seu jeito de falar enquanto ele lhe entrega uma cerveja e comenta sobre a sede com que ela terminou a primeira.

– Podia ralar o queijo, né?

– Tudo eu nesta casa. – Ela revira os olhos sorrindo, vai ralar o queijo e depois coloca os pratos e taças na mesa. Sente o que não sabe muito bem explicar, como se todo o seu corpo fizesse força para que ela encenasse esses momentos de naturalidade e sente que cada sorriso que sorria formava um vinco de desgosto nos cantos da boca, não queria sorrir, queria apenas ser soterrada pelo chão que se abriu sob seus pés com a quebra da cadeira.

– Tá pronto.

Sentam-se para comer como um casal normal, e não como o casal que são e ela repara com cuidado em todos esses aspectos da sua vida, todas essas normalidades e ordinariedades, relaxar com uma bebida enquanto o namorado cozinha o jantar, comer juntos tomando um vinho, conversar banalidades sobre a vida banal que levam, como está cansativo encarar essa faculdade, tô quase arrependido, seguido de um brincadeira, como a agência de repente está pegando mais leve nos horários, veja só, perderam alguns clientes. Inventa sobre o seu dia sem pudor nenhum enquanto escuta Gustavo narrar o dele, a performance vindo como uma pausa depois dos dois dias que pareceram sua vida inteira elevada à máxima potência.

Terminam de comer, tiram a louça da mesa e a colocam direto na pia, nem cogitam limpar a sujeira, problema para depois e um problema nem tão caótico assim porque Gustavo é um cozinheiro econômico, que termina o preparo da refeição com praticamente toda a louça utilizada limpa. Com as taças em mãos, vão para a sala e ela volta ao sofá como quem faz isso pela primeira vez no dia. Ele se senta primeiro e, enquanto se arruma, mexe na lateral do estofado e tira de lá uma embalagem que ficou para trás durante a tarde. Ela vê o papel brilhante e fica lívida, disfarça, age como se não fosse nada, não fosse com ela, sente o peito queimar, consegue dizer desde quando isso está aí enquanto se joga no sofá, o pavor inexplicável de algum dia ser confrontada por Gustavo sobre o que ela comeu ou deixou de comer, ser colocada contra a parede, quando é que você comeu isso aqui, *você sabe de onde vem isso, não sabe, agora eu sei que você sabe bem, é a lembrança de cada um dos dias de sua infância fazendo soar alarmes internos. A mãe invadindo seu quarto a cada vez que você saía de casa e você com doze anos e um pavor absurdo de passar a tarde na casa das amigas, indo e sabendo o que a encontraria na volta, o quarto revirado pela caça às embalagens que você escondia porque não podia comer, não podia deixar vestígios, as embalagens jogadas por tudo junto com todo o resto, as portas do roupeiro e dos armários abertas, os gritos que você abafou mas que agora estão insuportáveis aí dentro, nós duas ficando pequenas com tanta humilhação, tanta exposição, com tanto peso que uma embalagem vazia podia causar.* Mas Gustavo não faz caso algum, larga o papel colorido na mesinha lateral e levanta os braços para que ela ajeite as pernas no colo dele, enquanto aproveita para puxar da mesma mesinha o livro que vai seguir lendo esta noite, que lê nas noites em que sobra um tempinho e que, pelo tamanho, vai seguir lendo por anos.

São assim no tempo livre, ele concentrado em algum livro, a leitura como companhia constante, a leitura como parte da vida. O namorado com um livro na mão sempre despertava um carinho imenso nela, ele lendo e ela assistindo a séries na televisão, as pausas constantes para ouvir detalhes da leitura que Gustavo não conseguia deixar passar, Gustavo compartilhando irrestritamente tudo o que achava interessante. O livro da vez tem a capa branca com o desenho de uma caveira alaranjada e deve ter, sem dúvidas, mais de mil páginas, *Graça infinita*. Como ele consegue se comprometer com uma coisa dessas? Ela sabe que ele vai encarar a leitura até o fim, nunca deixa um livro pela metade e, quando não gosta do que está lendo, encarna o velho rabugento que reclama a cada página, mas vai até o fim. Será que Gustavo tem dificuldades para sair de situações que o deixam desconfortável, o sinal de alerta interno volta a soar, precisa ficar cada vez mais atenta. Gustavo já está focado nas páginas e ela coloca a série a que estava assistindo, mais uma sitcom que já tinha visto inteira mais de dez vezes, que não exigia nada dela nem a deixava ansiosa com o que viria a seguir. Como uma criança que precisa de previsibilidade, ela conhecia de cor cada cena e, conhecendo o desfecho, podia relaxar.

— Pelo amor de Deus, isso aqui é uma viagem — ele diz, extremamente animado, e não volta a falar até que ela pause a série e preste atenção.

— Hum, me conta.

— O pai do guri se mat... Espera, tu não vai querer ler, né? Senão, acho que é spoiler.

— Não, meu bem, eu não vou querer ler, eu não lembro a última vez que quis ler qualquer coisa, que dirá um calhamaço desses, que provavelmente levaria minha vida inteira, pode mandar. — Mesmo sem interesse em ler os livros que Gustavo lia, se interessava de verdade pela experiência de leitura do namorado, gostava de ouvir suas impressões, de prestar atenção no que o mobilizava.

— Enfim, o trauma do adolescente, o nome dele é Hal, é que ele chegou em casa e tinha um cheiro muito bom e ele estava com muita fome e queria comer, né, e ele pensou ah, que cheirinho bom, hein, e, quando ele chegou na cozinha, sabe o que era o cheiro bom?

— Não sei. O que era o cheiro?

— O pai morto — ele fala isso com os olhos arregalados e o rosto tomado pela expectativa da reação dela. Ela faz uma cara de quem não entende muita coisa e está pronta para seguir o diálogo, como assim, o pai morto, mas não dá nem tempo. — O pai se matou com a cabeça enfiada no micro-ondas, porra, e o menino chegou na cozinha e foi o primeiro a ver a cena e isso desestabilizou ele total, foi buscar ajuda e tudo, mas o lance do cheiro ele ficou reprimindo por um bom tempo, sabe? Reprimindo o lance de ter sentido muito desejo de comer aquela coisa boa e a coisa boa ser o pai. Pelo amor de Deus, que loucura.

— Que coisa mórbida, olha as ideias desse escritor. Mas imagina o estado do guri com isso. Mas, enfim, como alguém consegue fazer uma dessas? Micro-ondas nem funciona com porta aberta, funciona?

– Pois é, né. Aparentemente o cara fez um furo na porta, enfiou o pescoço e daí preencheu o espaço com papel alumínio.

– Será que carne humana tem cheiro e gosto, tipo qualquer outra carne? Carne no micro-ondas não fica lá com um cheiro tão bom, acho que só é bom mesmo se tu estiver com a mente focada em comida.

– Nem ideia, nunca fiz essa busca.

Gustavo volta a olhar para o livro e com isso ela entende que a pausa e o comentário chegaram ao fim e retoma a série na televisão. Quão traumática deve ter sido a situação do guri, deve ser perturbador pensar nossa eu comeria isso e depois constatar que isso era o próprio pai cozido, assado, explodido, não tinha entendido muito bem, dentro de um micro-ondas. Mesmo se não fosse o pai que estivesse lá. Uma coisa meio impossível de superar: um desejo perverso sem a consciência da perversidade. Ao longo da vida, aprendeu que desejo é algo a ser reprimido, porque ela mesma foi um desejo reprimido várias vezes e por muita gente. E reprimiu também, sabe disso, mas agora estava lidando com outras coisas, não com o próprio desejo. Quem sabe ele viria à tona nesse processo caótico que a cadeira quebrada desencadeou, quem sabe teria tempo de experimentar uma ou outra coisa, queria mesmo experimentar um pouco desse sentimento de perversão, ser ela a perversa da vez. Aquele adolescente deve ter se sentido meio perverso, mas não estava em suas mãos o desenrolar do acontecimento a partir do momento em que sentiu fome. Ela já tentou tanto controlar o que sentia, mesmo sabendo que podia controlar apenas as ações, e não as sensações. Só que queria controlar tudo, e, o que não conseguia, escondia, reprimia, virava o rosto, colocava nos submundos de si mesma. Imagina que loucura enfiar uma cabeça no micro-ondas, eis uma cabeça que deve ter reprimido muita coisa também, vai saber, isso sim que é perversão, mas não tinha lido o livro.

Aos setenta e oito quilos tinha catorze anos e deu o primeiro beijo. O número na balança era lido de maneiras diferentes e ela não sabia muito bem em qual delas acreditar: dentro de casa era muito gorda, na rua era objeto de desejo, extremamente requisitada por homens mais velhos. No conflito das mensagens, ficou com a que mais conhecia e a que vinha de fontes incontestáveis, os próprios pais. Mesmo assim, o corpo errado dela ainda era um corpo em que coisas aconteciam e, tal qual um chocolate proibido pela mãe, que costumava esconder dela qualquer doce, a urgência da busca falou mais alto e ela deu o primeiro beijo. Naquele dia, usava uma calça jeans de cintura alta, originalmente masculina, comprada pela mãe e ajustada pela costureira da vizinhança, e uma blusa bege com estampa de esfinge e decote canoa. Estava assistindo a um show qualquer na feira da cidade, quando trocou olhares com um carinha mais velho, sentiu ele se aproximando e colocando a mão na sua cintura, que sorte que a calça tapava bem o pneu que se formava sutil ainda sob seu umbigo, ele se aproximou mais, ela sentiu seu corpo arder de tesão, se virou e os dois se beijaram, ele tinha gosto de chiclete de morango. Chegou em casa em êxtase, correu para contar tudo para a mãe, e seu sorriso foi imediatamente desmanchado por um tapa, tomou um tapa na boca feita de sorriso, ficou de castigo, aguentou a mãe berrando por horas, chorou por um motivo diferente dessa vez. No dia seguinte, esqueceu completamente o rosto do rapaz, nunca mais conseguiu lembrar, mas foi um primeiro beijo que a fez sentir como se tivesse nascido para beijar. Nessa época, a temporada de festas de quinze anos das amigas estava aberta e ela engordou em pouco tempo, chegando a pesar oitenta e seis quilos. Não conseguia encontrar vestidos adequados como os das amigas, temeu não ficar bem na própria festa de quinze anos. Fez a primeira dieta restritiva com sucesso, foi daquelas que as pessoas olhavam na rua e comentavam alto como você emagreceu. Emagreceu, de fato, e se livrou de dez quilos a tempo do próprio aniversário. Era a melhor aluna na escola, participava de todas as atividades extracurriculares disponíveis, tinha emagrecido, sabia beijar em segredo, não lhe faltava nada. ∎

Depois da noite tranquila com Gustavo, dormiu o mesmo tipo de sono das noites anteriores: aquele impossibilitado pela checklist que revisava cada uma das próprias tragédias. De madrugada, não se demorava em nenhuma delas, recebia uma após a outra de um jeito ansioso, uma se sobrepondo e puxando a outra, imagens que vinham antes de conseguirem se transformar em palavras. E ela permitia isso, ia reconhecendo e abrindo espaço para que as imagens ocupassem inteiramente o campo da consciência, passando como num telão de homenagem em casamento, as coisas às quais se submeteu, as sessões de reiki, constelação familiar, terapias duvidosas que provaram o quanto ela se odiava, *você com dezenove anos, cidade nova, a faculdade, engordou quase trinta quilos em menos de um ano, não tinha como sustentar todo esse peso, você tinha que fazer alguma coisa, você já não dormia e sua mãe falou sobre uma amiga que indicou o reiki como uma ferramenta poderosa, pra que será, vai saber, acho que sua mãe tinha esperança de que você emagrecesse através de coisas meio espiritualizadas e, se você quisesse, ela pagaria as sessões de reiki e você quis e você chegou pra primeira sessão e a primeira coisa que a mulher te perguntou foi por que motivo você se odiava tanto, e você ficou meio consternada porque nunca tinha passado pela sua cabeça que você se odiasse assim e você disse que não se odiava e ela disse que se odiava, sim, que todo obeso se odiava e por isso eram desse jeito, porque estavam tentando criar um muro em torno de si mesmos pra impedir qualquer pessoa de chegar perto e lhes demonstrar amor e por isso, também, se relacionar com obesos costumava ser complicado, ela sabia por experiência própria e, além disso, por que você não aceitava crescer e virar adulta? Obesos querem ser obesos pra permanecer sempre com uma aparência infantil, tipo bebês rechonchudos, que quanto mais gordos, melhor, mais fofos, e fazem isso pra tentar, de todas as formas, receber amor, por isso ficam dizendo por aí que é tão difícil emagrecer, quando todo mundo sabe que é só fechar a boca e fazer exercícios, e você até perguntou se era isso mesmo, se o problema era o medo de receber o amor que você fazia de tudo pra receber e por isso era tão gorda e ela disse exatamente, por isso é complicado demais, e durante meses, todas as segundas-feiras, às sete da noite, você estava na salinha dessa mulher que liberava uma energia divina ou sei lá o que pra fazer com que você aceitasse ser amada e aceitasse virar adulta e, assim, emagrecesse, e teve também a vez que a sua mãe decidiu te levar em uma mulher que fazia constelação familiar e o negócio todo descambou pra mulher te obrigando a se deitar no chão e gritar perdão, mãe, perdão, eu sou assim porque não te perdoo, mãe, mas agora sou eu quem te peço perdão,* tudo aparecendo de relance, tudo rasgando por dentro como coisa que rasga a carne, um desejo repentino de honrar esse sentimento e rasgar de fato a carne, rasgar camada por camada, cavoucar bem dentro de si mesma, ver o que era esse corpo que lhe pertencia, ver sua gordura exposta diante de seus olhos, os órgãos se esparramando, fazer crescer sua língua para experimentar o sabor dessa gordura, cozinhar essa gordura, comer essa gordura, explodir essa gordura.

Gustavo tinha lembrado que seu aniversário dobrava a esquina, os trinta anos sendo recebidos pelo seu corpo de uma maneira diferente do que costumava ser: desta vez, o aniversário era sobre o que tinha sido, e não o que viria a ser. E se ela lembrasse a todo mundo, não todo mundo, mas todo mundo possível, que o jeito como se sentia era apenas resultado de tudo o que recebeu a vida inteira? E se dissesse chega, eu não sou mais isso, agora eu sou outra coisa que meu corpo e outra coisa que minha capacidade inabalável de agradar? E se encarasse que foram eles que sempre fizeram com que ela fosse perfeita em tudo, porque sempre esteve longe da perfeição, sempre foi isso aí, quem lhe contou isso foram eles, *eles que te fizeram cometer as piores atrocidades contra si mesma, que fizeram com que você se humilhasse tanto quanto foi humilhada, os vômitos induzidos em sacolas plásticas trancada no quarto, tarde da noite, praticamente em silêncio pra não ser descoberta, as sacolas guardadas na escrivaninha esperando pra serem jogadas fora quando não tivesse mais ninguém em casa, você literalmente chafurdando em vômito, você fazendo mais isso contra si mesma.*

E foi assim que ela ficou por dias, até que, em mais uma encenação de quem mantém a vida de sempre, avisou a Gustavo que faria uma festa de aniversário, *você tem ótimas ideias mesmo, você merece colocar essas ideias todas em prática, hein*. Queria fazer um jantar e poderia ser na noite de domingo mesmo, a data exata da celebração. Estavam na parada de ônibus quando contou a ele sobre seus planos, *você vai fazer uma festa de aniversário que na verdade é uma festa de libertação*, e, tão logo o namorado achou a ideia boa e ofereceu ajuda, o ônibus chegou. Ela sorriu e agradeceu animada, beijou Gustavo e o viu entrar no transporte cheio e se colocar em pé no corredor, dando ainda um aceno final. Retribuiu o aceno e voltou para casa, se sentia animada de um jeito que só quem domina, enfim, a própria vida se sente.

Estava há dias com a história do livro que Gustavo lia passando pela mente, *você seria capaz de uma perversidade assim, porque se sentir perversa é uma coisa, mas ser perversa é outra, será que você consegue dar jeito, será que você consegue fazer isso acontecer, eu duvido, mas apoio, vai lá, vamos fazer isso acontecer*. Na hora que Gustavo contou, pensou que o extremo estava na experiência vivida pelo filho, mas depois percebeu que não. Era no pai. Era genial. Agora sabia que precisava descobrir como fazer aquilo, mas precisava se organizar antes, fazer o que tinha que ser feito, fazer uma festa, a festa, sua festa de trinta anos.

A primeira providência era montar uma lista e enviar os convites para as pessoas, garantir que elas guardassem a data para a comemoração inesquecível que, assim que ela se decidiu por fazer, preenchia cada espacinho disponível em sua mente, confraternizando com seu festival de memórias. Foi movida pelo desejo e daria essa festa como quem encontra um objetivo no qual se agarrar, planejar uma festa com a mesma obstinação com a qual planejou tantos emagrecimentos, alguns dias para planejar uma festa em vez de calcular calorias, alguns dias para fazer o melhor possível e ficar para sempre na memória de cada um, *eles vão lembrar, não vão lembrar, eles vão de verdade pensar em você*. Pensou em tudo: não seriam muitos convidados, serviria comida, evidentemente, então chamaria algumas pessoas específicas e especiais e algumas pessoas quase simbólicas, presentes para representar todas as outras que passaram pela sua vida durante esses trinta anos. Quando se é feita de uma autoestima tão vacilante, a sucessão de pessoas que passam pela vida pode ter um peso difícil de carregar. Construir-se apenas pelo olhar dos outros teve um impacto profundo nela, e via isso agora, sem cogitar mudar seu foco: o problema, sem dúvidas, vinha do tipo de olhar que os outros sempre lhe deram. *Nós somos geniais pra caralho mesmo, nós precisamos lembrar disso o tempo inteiro, nós não somos apenas subservientes, nós somos geniais pra caralho.* Cansava de ouvir que não existia carrasco como ela mesma, mas isso era vazio demais, as pessoas aprendiam a ser carrascas de si mesmas com alguém. Seria um aniversário para resolver isso, estava animada, e também fazia tempo que não comemorava sua passagem privada de tempo. *Vamos comemorar do jeito que a gente merece, vamos superar todas as outras comemorações, vamos fazer melhor do que jamais foi feito, você vai arrasar de verdade e você finalmente vai ter a melhor festa de todas e você finalmente vai sentir que merece ter essa melhor festa de todas porque você é genial.*

Até os quinze anos, comemorou todos os aniversários, a mãe fazendo questão de celebrar a vida dos filhos, os filhos, seus maiores bens. E sempre fez tudo com muito amor e dedicação, docinhos e salgadinhos, metade comprados e metade feitos em casa por ela, roupa nova para as crianças, o pai ficava a cargo das bebidas, primeiro refrigerantes em garrafinhas de vidro, depois os copos e as garrafas de dois litros. Todo ano essa movimentação se repetia e as fotos dos álbuns de família serviam para registrar a história, lembravam, com a ajuda de imagens, de um amor que ela sabia que devia estar ali, mas não tem muita certeza de já tê-lo acessado. Estavam lá desde as festinhas que aconteciam na escola para a turma de coleguinhas, passando por aquelas que eram comemoradas à tarde, geralmente na sala ou na cozinha de casa, ou as baladinhas noturnas na garagem até o salão simples alugado para a festa de quinze anos. Esta última foi o ápice, humilde, mas farta, a cara da classe média baixa, sem devaneios de grandeza. Ela sentia que estava linda, tinha emagrecido dez quilos para o evento, a cintura marcada no vestido curto azul, ela que escolheu todos os detalhes da roupa, os amigos reunidos, assim como a família, os pais felizes e inflados pela comemoração, orgulhosos e amorosos, a cerveja disponível para os adultos e para os adolescentes, que conseguiram contrabandear álcool para fora da vista desses adultos, o pai alerta ao contrabando de álcool, permissivo e mais obcecado com o desperdício juvenil, inspecionando as mesas e encontrando garrafas de cerveja ainda geladas abandonadas pela metade, tampando e devolvendo cada uma delas para o freezer, os adolescentes resgatando as mesmas garrafas sem nem perceber, o álcool como uma constante na vida de jovens de quinze, dezesseis, dezessete anos, as regras próprias da adolescência que não levavam em conta a lei, a lei era pertencer. A felicidade absoluta que foi aquela noite. Não lembrava de todos os seus aniversários, mas aquele foi memorável, *mas outros também foram, veja bem, você não lembra do aniversário anterior àquele, não? Você foi vestir a roupa escolhida e percebeu que a calça não servia mais. Uma calça corsário jeans branca, que seria usada com uma blusinha rosa de uma manga só. Você ficou desesperada porque não tinha nenhuma opção no armário que servisse e fosse adequada, você precisava estar adequada, era o seu aniversário, precisava estar o mais bonita possível dentro do que era possível pra você ser bonita, nunca mais bonita do que as amigas, mas você era a aniversariante, mas nunca estivera mais bonita que ninguém. Lembra que junto com a menstruação você recebeu também um corpo novo que insistia em ficar maior e maior, cada vez mais gordo, com quadris cada vez mais largos, quadris do tipo que viriam a quebrar cadeiras anos mais tarde, lembra que você foi tremendo até a mãe pra pedir ajuda, encontrou-a fritando os pasteizinhos pra noite, estressada com a quantidade de trabalho pra receber alguns adolescentes em casa, a mãe estressada, sempre um sinal de alerta, a facilidade com que ela perdia o controle nessas horas, lembrou do preço da calça branca, cara demais pra uma calça branca, presente que veio com um combinado, ganharia a peça e faria dela a sua calça oficial de usar pra sair, categorização de roupas que sempre fez parte de sua vida, a não ser quando seu guarda-roupa ficava tão restrito quanto agora. Você viu que não dava pra chegar até a mãe com esse problema e voltou correndo pro quarto, a gente deu jeito sozinha, trocou a blusa rosa por uma blusa verde-limão, pensando agora, era uma blusa horrível, mas tinha uma barra com babados e cobria perfeitamente a barriga e o cós da calça e aí a gente teve a ideia de passar uma borracha de cabelo pela casa do botão e esticar o elástico até alcançar o botão, truque que eu tinha visto em uma matéria pra mulheres grávidas aproveitarem as calças do roupeiro o máximo possível, enquanto a barriga crescia. Deu certo, mas ficou desconfortável, parecia frágil demais, lembra que você praticamente não comeu naquela noite, o medo de colocar tudo a perder maior do que a vontade de comida. Dançar foi desconfortável também, você até arriscou alguns passos com as amigas, se concentrou no CD da Avril Lavigne que conseguiu emprestado pra festa, você cantava muito, mas se mexia pouco, e a gente só queria que a festa chegasse ao fim, e a festa chegou ao fim, e você pôde então correr para o quarto, tirar aquela roupa que doía na pele, respirar aliviada e comer, no escuro, os salgadinhos e docinhos contrabandeados depois que a casa inteira ficou em silêncio, depois que a mãe veio perguntar se você tinha gostado do aniversário, depois de, juntas, abrirem os presentes recebidos, depois do boa-noite e ainda apurando os ouvidos pra antecipar uma eventual chegada da mãe, que poderia vir no escuro, do nada, quieta como o próprio escuro, só pra checar o que a gente estava fazendo, lembra como ela fazia isso sempre, como sempre ela estava espreitando pra nos pegar no flagra.*

Sabe que a comemoração dos doze anos foi a última que aconteceu num sábado à tarde, tudo organizado carinhosamente pela mãe na cozinha de casa, faixa onde se lia Feliz Aniversário e balões enchidos pelas duas, brigadeiros enrolados ao longo da semana, *e você lembra que eles eram contados a dedo, dentro de caixas de papelão, enquanto esperavam o dia da festa*. Amava a função de fazer e enrolar docinhos, ela e a mãe conversavam e davam risadas, a mãe era uma cozinheira nata, transformava qualquer coisa da geladeira em um banquete, sabia aproveitar tudo. *Amava, mas ficava ansiosa porque a produção passava por uma rígida contagem e recontagem e, apesar de qualquer um poder simplesmente abrir uma caixa e roubar um brigadeiro, seu pai, seu irmão, até mesmo a mãe, você sabia que a culpa sempre seria sua, lembra que você enrolava docinho já prevendo a raiva e a humilhação que sentiria quando dissesse que não tinha comido doce nenhum e ouvisse coisas do tipo eu larguei de mão.*

Vencida a semana, no dia da festa, encontrou um jogo de maquiagens da mãe, que nem era muito de se maquiar, vez ou outra, quando iam à missa e saíam para jantar depois, achou a maquiagem e passou um pouco de sombra perolada nas pálpebras, gostou do resultado e se sentia pronta para esperar as amigas chegarem, no fim as funções de aniversário podiam mesmo ser legais, *claro que sim, mas lembra também que você posava pra primeira foto da tarde, junto com a melhor amiga, que foi uma das primeiras a chegar, quando sua mãe reparou nos seus olhos pintados e ficou enfurecida e, honestamente, a gente nem podia se frustrar, você sabia que tinha arriscado demais com a sombra perolada nos olhos, a mãe ainda não deixava a gente se maquiar, as suas amigas maquiadas não bastaram pra suavizar aquela mulher que nunca teve ressalvas a nos humilhar, não, e aí você passou a festa constrangida, como se a amiga tivesse testemunhado algo que não estava certo, você nem sabia nomear ainda o que de errado tinha ali, era ali que a gente deveria ter percebido que não era certa essa imposição extrema da mãe sobre o nosso corpo. E ainda quando todo mundo foi embora, a mãe se aproximou e deu um beliscão na lateral da sua barriga, deixou a lição marcada na pele, era sempre assim, você tem que se ligar pra lembrar de todas essas coisas, viu?*

Depois dos quinze anos, não fez mais questão de aniversários, ou não lembrava de ter feito, talvez alguma pizzaria com as amigas, algo tão genérico que não tinha nem registros mentais. E, desde que saiu de casa, o máximo que acontecia era encontrar os amigos em um bar, mas isso durante os anos de faculdade, quando todo mundo costumava usar qualquer justificativa para agitos que, muitas vezes, a depender da roupa que tinha ou não, ela tentava evitar. Menos agora, agora vai comemorar os seus trinta anos com uma empolgação que faz tempo que não sente, agora faz questão de aparecer e ser vista, de devolver aos seus o que os seus sempre lhe deram.

Esperou o horário de almoço como se seguisse um horário de trabalho e ligou para a mãe, aposentada que dividia seus dias entre atividades recreativas e prazerosas, cozinha e redes sociais. Não conseguia controlar muito a forma como a mãe vinha aparecendo em seus pensamentos nos últimos dias, percebia que cresceu se esquecendo muito da mãe, provavelmente porque precisava dessa mãe. Agora que se impunha esse mapeamento interno, se sentia estranha fazendo essa ligação, meio constrangida pela própria raiva, meio fazendo a única coisa passível de ser feita.

– Oi, mãe! Seguinte, vou fazer uma festa de aniversário pra comemorar os trinta anos e, já que estamos falando de trinta anos e tal, queria que tu e o pai viessem. O que vocês acham? Não vai ser nada louco nem nada. Vai ser um jantarzinho, algo assim. Não neste final de semana agora, no outro. – *A mãe e o pai, que nojo das conversas que eles tinham na sua frente, como se você não estivesse ali e como se você não fosse uma pessoa, merecedora de algum tipo de tato, a sua mãe gritando que não sabia mais o que fazer e gritando que o seu pai tinha que tomar alguma providência, e o seu pai bufando e dizendo mas e tu quer que eu faça o quê?, e você se perguntando o que ela considerava que pudesse ser alguma providência quando o assunto era o seu corpo gordo.*

– No do teu aniversário mesmo.

– Isso. A festa vai ser no domingo, bem no dia mesmo, vou tentar o salão de festas aqui, mesmo em cima da hora. Se não rolar, vou tentar em outro lugar e aí o domingo é mais fácil também.

– Que bom que você vai fazer essa festa, filha! Tenho te sentido tão desanimada nos últimos dias. – Achava incrível como a mãe sempre sabia, era quase uma bruxaria, não teve onda de desânimo que tenha vivido que não fosse percebida pela mãe a quase quatrocentos quilômetros de distância, *vamos combinar que, do jeito que ela se meteu na sua vida a vida inteira, algum resultado tinha que ter.* Elas costumavam se falar por mensagens o tempo inteiro e, sempre que essa interação esmaecia, a mãe sabia que tinha coisa. Sempre tinha, é verdade, mas agora o desânimo já ficava para trás, trocava de lugar com a euforia. Se a mãe a sentia desanimada, desta vez sentia errado, ela não estava mais desanimada, não neste momento, não nesta manhã, não agora, *agora, mãe, nós estamos obstinadas.*

— Deve ser inferno astral, eu sempre fico assim. Vai entender, né? — Já tinha experiência suficiente naquela relação para saber que o indicado era sempre desconversar, a mãe não merecia mais do que o raso.

— Bom, vou falar com o teu pai e nós vamos, sim, tá bom? Quer que eu faça alguma coisa pra levar pra vocês? Uns docinhos pra festa?

— Pode ser, mãe, tá ótimo, aceito os docinhos, sim. — Já ia desligar quando lembrou de outra pessoa. — Ah, mãe, quem sabe tu chama o mano? Eu mando uma mensagem pra ele, mas, se tu puder, fala também, acho que ia ser massa.

O irmão morava perto dos pais e almoçava com eles diariamente. Como a relação de irmãos não era das melhores, nem das piores, na verdade já não era nenhuma, a única maneira era acessar o irmão pelo núcleo familiar, essa coisa que, mesmo no ápice do desprezo, você honra porque aprendeu a honrar, a missa de todos os finais de semana ensinando que não há nada mais importante do que a família, que se deve honrar pai e mãe, e irmão deve entrar nessa conta também.

— Pode ser uma boa ideia, ele pode ficar na casa do Lucas. Vou falar com ele.

— Tá bem, show, vou lá que meu horário de almoço tá acabando.

— Fica bem, tá, filha.
— Vocês também.
— Te amo.
— Te amo, mãe. — *Mas e tu nos ama mesmo?*

Percebeu que não via o irmão há mais de ano e meio. No último fim de ano, última vez que viu os pais e que foi para a casa deles, ele ainda estava namorando e passou a época com a família da namorada. Agora, solteiro, as chances de que viesse para aproveitar algumas festas e bares com o amigo aumentava exponencialmente. Queria muito que ele viesse, aliás. Crescendo, nunca tinham sido próximos e por isso que agora eram esse monte de nada, mas ele ainda guardava rancor dela. A única conversa séria que tiveram na vida aconteceu um tempo depois de ela ter se mudado da casa dos pais, em uma temporada de férias que foi passar na cidade natal. Estavam bêbados, sozinhos, esperando o horário adequado para sair de casa e encontrar os amigos antes de uma festa. Ela perguntou por que ele a odiava, esperando que ele dissesse que não a odiava de jeito algum.

– Tudo sempre foi sobre ti aqui em casa, nunca sobrou nada pra mim.

– Como assim?

– Era sempre tu que ganhava as coisas novas, sempre tu que recebia toda a atenção, sempre tu que estressava a mãe e fazia ela descontar tudo em cima de mim.

– Tu chegou a reparar em como ou por que era sempre tudo sobre mim? Eu nunca pedi, eu sempre quis fugir.

– É, e mesmo assim não fugiu, né, mesmo assim não muda o que aconteceu, muda?

Ela não respondeu mais porque qualquer explicação, na época, seria admitir muita coisa que tentava ignorar. Foram para a festa e depois seguiram vivendo como se não se conhecessem. A injustiça do ódio dele ainda gritando dentro dela, até que, tal qual todo o resto, acabou se perdendo em algum lugar. Assim como pouco via o irmão, pouco via os pais, apesar de falar com a mãe o tempo inteiro. Nos últimos três anos, encontrou os dois no máximo duas vezes por ano. Em parte porque a vida era corrida, agora tinha o Gustavo, trabalhava todos os dias em um emprego exaustivo, a cidade natal ficava a uma viagem de seis horas, ela não dirigia, não tinha carro, tudo era trabalhoso. Mas também porque a sensação de que o amor de seus pais poderia se esvair a qualquer momento estava ainda mais forte agora, depois de sentir que eles a amavam mais do que nunca a partir do instante em que emagreceu, os dois com um orgulho que não cabia nos olhos depois de terem feito de tudo para permitir que ela conquistasse esse objetivo, esse sonho. Os últimos cinco meses, desde a última vez em que os vira, se depositaram especialmente em volta da sua cintura, nos braços e quadris, mas dessa vez não se sentia ansiosa com esse encontro iminente, apenas animada. E mais segura, também, porque fazia alguns anos já que o corpo dela podia ser motivo de orgulho ou decepção, mas não era mais assunto, *mi-mi-mi eu tô preocupada contigo, meu amor, onde é que você vai parar assim, lembra dela dizendo isso logo antes de você emagrecer? Quis esquecer e achar que o silêncio deles era por respeito, é?, ou por acreditar que em time vencendo não se mexe? Você num poço bem no fundo, ajeitada nas fissuras, a casa dos pais pra vir como alívio, a dor ainda latente de ver Otávio namorando, a Mariana que avisou que estava procurando um apartamento pra dividir com Arthur, sem pressa, mas estavam olhando as coisas, você entediada com o trabalhinho naquela agência, querendo algo mais legal, a incapacidade de se entender diante do espelho, e ela vindo assim, onde é que você vai parar, amor, e "onde é que você vai parar, amor" foi a faca usada durante toda a sua infância e adolescência, tanto que você parou aqui, né, no bendito chão do bar. E você falando eu não vou ter essa conversa, a gente insistindo que não ia ter essa conversa e ela ficando ansiosa, ficando exaltada, como é que eu não vou me preocupar, olha só o teu tamanho, quantas vezes a gente escutou isso, hein, olha só o teu tamanho, e você disse que ela nunca mais podia falar sobre isso contigo, que a vida inteira tudo o que ela fez foi dizer olha só o teu tamanho, que você não queria mais ser humilhada assim, ela agora gritando que se matou de trabalhar a vida inteira, que você sempre foi uma ingrata e mentirosa, que ela gastava todo o dinheiro com a gente enquanto a gente mentia que fazia dieta, desde criança assim, uma ingrata mal-agradecida e dessa vez não foi a mãe que ensaiou a violência, foi você, lembra? O prazer de agarrar aquela desgraçada pelo braço, cravar as unhas na carne e dizer que nunca mais, nunca mais queria ouvir palavra, e a desgraçada entendendo que, dessa vez, você falava sério, porque essa foi, provavelmente, a primeira vez que você se rebelou. E daí foi lá e fez o quê? Emagreceu. Pegou o dinheiro dela pra pagar aquela médica caríssima pros seus padrões e foi lá e emagreceu, garanto que se ela soubesse daria a cara pra gente cravar as unhas, daria a língua pra ter calado a boca antes. E, mesmo sem falarem mais sobre o assunto, ainda o orbitavam, o dinheiro para pagar Roberta, o oferecimento de mais dinheiro para algum tratamento que amenizasse o excesso de pele, para comidas insossas com pouquíssimas calorias. E, enquanto ela emagrecia, emagrecia cada vez mais, os olhos e a linguagem corporal da mãe transbordavam amor, mesmo sem nenhuma palavra. Um autocontrole admirável que o pai, por sua vez, não tinha e não se preocupava em ter. Ele fazia perguntas sempre que a via, e durante um tempo sempre a via mais e mais magra do que na vez anterior, sempre comentando sobre o corpo, perguntando sobre o corpo, o orgulho em voz alta apesar dos olhares atravessados da esposa, é, mas você tinha onze anos quando chorou no colo do seu pai dizendo se não fosse por isso eu seria perfeita, e na época isso era verdade, você cumpria com louvor tudo e mais um pouco do que era esperado de você, ansiava pra que esse esforço ajudasse a camuflar esse grande problema que você tinha, e todo esse esforço acabava dando a impressão errada pras pessoas, deixando aberto um canal pra que elas depositassem milhares de obrigações sobre os seus ombros, que eram, afinal, ombros de uma criança, de uma pré-adolescente, ombros que não tinham como dar conta de tanto. Você era a melhor em tudo o que fazia pra que o "mas" que acompanhava qualquer evocativo reduzisse de tamanho. Não apenas nunca reduziu, como permeou tudo. Você nunca foi gorda mas impecável. Você sempre foi impecável mas gorda. Essa sempre foi a questão definitiva e você não devia ter essa preocupação aos onze anos e você não deveria ter que ter essa preocupação nunca, mas a vida é o que é e você tentava pedir socorro pra ele, mas ele escutou uma coisa dessas e mesmo assim sempre se omitiu.* Parecia mais ingênuo, e talvez se permitisse esse tipo de invasão porque não fora exatamente um atacante durante a vida inteira da filha. Foi, na maior parte do tempo, apenas omisso, *mas lembra quando você tinha treze anos e fez, sozinha em casa, numa tarde de semana, um brigadeiro com uma lata de leite condensado, algo que você sabia que todas as suas amigas faziam quando bem tivessem vontade, comeu um pouco e guardou o resto em uma gaveta da sua escrivaninha, e seu irmão foi mexer nas suas coisas, porque todo mundo sempre mexeu nas suas coisas, e achou o prato com o doce, correu pra contar pro seu pai e você ficou feliz que fosse pro seu pai, e não pra sua mãe, assim você não apanharia, e você não esperava que seu pai entrasse no quarto, pegasse o prato e dissesse dá uma olhada pra esse seu tamanho, onde é que você vai parar assim, e você ficou em choque, você nunca tinha escutado seu pai falar uma coisa dessas diretamente pra você, preferia ter apanhado da mãe, vai ver era isso que ele considerava fazer alguma coisa, se somar ativamente, e não apenas passivamente, às humilhações diárias e, mesmo assim, até quando você emagrecia, era sempre como se você nunca conseguisse parar de falar, pai, se não fosse por isso, eu seria perfeita, você pode me amar, por favor, e você precisa parar com essas besteiras e você vai parar agora.*

Nessas situações, era sempre como se fosse atropelada por um caminhão, não por ter que falar do emagrecimento, estava completamente engajada no assunto, mas pela certeza que estava em seus ossos, que ela acessava com a sabedoria que vinha das entranhas, que depois ela decidiu ignorar: era passageiro. O que era falado em sua cara sem pudor nenhum, sem nenhuma reserva, também viraria assunto pelas suas costas. O seu corpo tema público, gordo ou magro, sempre assunto, um corpo tirado de suas posses desde sempre, nunca seu por completo.

Assim como a mãe depois do combinado, Mariana nunca falou nada sobre o seu corpo, a não ser que ela falasse, que ela puxasse a conversa. A amiga se mudou logo antes de ela começar o acompanhamento com a Roberta e, separadas, seguiam juntas, num pacto de distância respeitosa e socorro instantâneo que permeou toda a relação das duas, amigas do jeito que sabiam ser, Mariana sempre testemunhando de perto e em silêncio a montanha-russa que era o engorda/emagrece da amiga. Quando voltou a engordar, o caminho de volta trilhado nos últimos três anos, ninguém falou palavra. Mas silêncio nenhum diminuía o absoluto pavor de encontrar os pais, de ver em seus olhos a decepção. Quando surgia cada vez mais gorda em frente a eles, era como se o rosto dos dois se transformasse em um espelho e a única maneira de fugir de sua imagem refletida era não se colocando diante dele.

Você olhou para o seu corpo e olhou de novo e não parou de olhar nunca mais desde que a cadeira quebrou. É interessante que, quando você quebrou uma cadeira, a primeira parte da qual você ficou consciente tenha sido a barriga, e não o quadril e não a bunda. Não é que você nunca tenha tido noção da barriga antes, ela sempre esteve aí, umas horas grande demais, depois diminuiu suficientemente rápido e conseguiu se disfarçar, até que voltou a crescer e cresceu ainda mais, marcando suas roupas e fazendo com que você as deixasse de lado, uma a uma, forçando seus gomos um sobre o outro, tão inocente e, ao mesmo tempo, tão vilã de toda a história: a sua barriga grande e enorme, se dobrando em várias camadas, uma caindo sobre a outra, até culminar na última e maior de todas, aquela camada que detém o seu ventre, bem abaixo do umbigo, acho até que se chama barriga avental, essa que cai por cima, sei lá. Cheia de celulite e carimbada com riscos verticais vermelhos preenchidos por pequeníssimos risquinhos horizontais brancos. Você tem olhado tão bem que consegue ver a textura da textura que marca a sua barriga, a textura das estrias. É verdade que essa não é a primeira vez que você repara nelas, teve uma tarde em que estava assistindo a um filme com Mariana, quando vocês ainda dividiam apartamento, e um pedaço da pele da barriga começou a coçar e arder de um jeito estranho e você disse ó, vai nascer mais uma estria na minha barriga, e a Mariana perguntou como você poderia saber de uma coisa dessas, e te olhou completamente impressionada, enquanto você respondia que sentia na pele mesmo, tinha uma sensação diferente que anunciava essas coisas. Depois você foi mostrar pra ela a estria recém-inaugurada em seu corpo e a amiga comentou que não conhecia ninguém que sentisse tudo tanto o tempo inteiro quando o assunto era o próprio corpo e você ficou orgulhosa disso naquela vez, era bem o período em que as mulheres estavam debatendo a perda da consciência dos seus ciclos e dos seus corpos depois de anos de uso indiscriminado de anticoncepcional e você meio que se sentiu superior a elas, olha o tipo de coisa que você mascarava, você só sabia tanto sobre o seu próprio corpo porque sempre esteve pronta pra contornar os desafios que ele poderia te lançar, chega a ser uma loucura pensar que você já foi essa pessoa, né? E você vê sua barriga e segue olhando, presta atenção em como ela balança conforme você se mexe, formando uma almofada flácida que cobre a região do púbis e a vagina e cai como um avental mesmo sobre o seu sexo, porque talvez um corpo como o seu nem devesse ter sexo mesmo e o sentimento que essa ideia te traz sempre deixa você mortificada. Esse sentimento sempre te acompanhou, não é mesmo? Ele vai e volta e vai e volta e você olha para o seu corpo e ainda sente que a solidão dele é uma iminência, mas, bem, é uma realidade, foi uma realidade durante muito tempo, agora você não sabe bem, não sabe como classificar se seu corpo é solitário ou não, já que você se deita com o Gustavo todas as noites, mas não consegue deixar de pensar que o Gustavo só veio naquela época em que você emagreceu e pode até continuar ao seu lado, mas você não tem como saber até quando, não tem como saber quão frágil é o relacionamento de vocês, qual será o limite que o corpo dele terá com relação ao seu corpo e é por isso, também, que o Gustavo tem lhe causado tanto desconforto. Depois da barriga, você automaticamente olha para os braços, sempre o mesmo percurso com o olhar, esses braços que você não consegue nem definir, essa coisa que você acha tão grotesca e depois deixa de achar. Você os levanta e fica em forma de cruz pra olhar bem pra toda aquela pelanca em frente ao espelho. Fica tal qual a imagem mais famosa de Jesus Cristo, aquela que celebra a humilhação mais do que qualquer outra coisa e que todo mundo no mundo todo decidiu venerar. Se a gente tivesse um pouco mais introjetada a criação em uma família católica, acho que você até sentiria tesão em se olhar pelada em frente ao espelho como quem está pronta pra subir na cruz, aquele tesão pelo sofrimento que molda uma religião inteira. Na verdade, a gente tem essa criação até o último fio de cabelo, não? Tem, sim, e você só decidiu fazer o que vai fazer porque existem muitos símbolos que nos atravessam desde sempre, tal qual a certeza de que o sofrimento nos aproxima de Deus, já que você tem certeza de que Deus não existe, mas que, existindo, é direto para os braços Dele que você vai, Deus e seus braços que não podem ser explicados, que não são demais nem de menos, que puramente são, assim como os de todo mundo, menos os seus, e os seus também. Você se demora olhando para os braços imensos, que fazem de qualquer camiseta larga uma blusa justa que aperta entre a axila e o cotovelo. Eles são gordos, mas não são rechonchudos, são imensos e flácidos, como se toda essa pele ainda esperasse ser preenchida de verdade, como se ainda precisasse de muito mais gordura pra ele ficar verdadeiramente redondo, e não importa o seu tamanho, o máximo que aconteceria é que os braços não seriam preenchidos, eles apenas cresceriam, braços infinitos que sempre podem ficar ainda mais infinitos, não há limite para o tamanho que os seus braços podem ter, seus braços flácidos sempre poderão ficar ainda mais flácidos, e você olha sempre para os seus braços estendidos e sua pose em forma de cruz e se olha bem no espelho, chacoalha bem os braços, vê todo o movimento, levanta as mãos e bate palmas, e bate palmas mais uma vez, e depois abre de novo os braços e acena pras paredes, primeiro devagar, depois com toda a velocidade que consegue e então para e vira de lado e deixa seus braços caírem e se espalharem ainda mais, de lado eles conseguem ocupar quase toda a sua própria extensão, e você é imensa de lado também. Lembra daquela vez que você estava fazendo uma disciplina eletiva na faculdade, na primeira aula, em uma turma nova, com pessoas de cursos diferentes que você nunca tinha visto antes? Tinha aquele menino magro e meio blasé, que se sentava sempre com o braço direito dobrado e apoiado na mesa, a mão praticamente entrando no casaco que ele usava, não importava se fosse frio ou calor. Um dia, ele saiu da sala antes de todo mundo e você conseguiu ver que a mão escondida dentro do casaco não existia. Você lembra disso se olhando no espelho, você dobrando o antebraço e encostando a sua mão na mão refletida. Uma coisa que você sempre pensou sobre pessoas gordas é que elas aparentam menos idade porque há muita gordura sob a pele, preenchendo espaços que poderiam ficar flácidos antes do tempo. Enquanto encosta a sua mão no espelho e presta atenção nela, percebe que a sua idade todinha está refletida ali e talvez mais idade ainda, talvez o período em que você conseguiu ser magra tenha prejudicado o colágeno da sua mão e a tenha deixado mais velha, e todo o peso que você ganhou de volta não foi suficiente pra preenchê-la. Sente que isso é pra te lembrar que se existe a parte boa em qualquer coisa, essa parte boa não vai vir pra você. Todo esse drama pra uma mão que é uma mão e pronto, cada mão com cinco dedos, cada dedo com uma unha, uma mão que você já viu que, na verdade, é alongada, mas que agora parece tão roliça que faz tempo que você não experimenta colocar mais nenhum anel em nenhum dos dedos. A palma e as costas da mão, você repara bem, lembram uma daquelas almofadinhas de espetar agulha, coisa que tinha na casa da sua avó materna que costurava à máquina, mas que morreu há mais de um quarto de século. As unhas roídas, você sabe bem, têm o potencial de serem maravilhosas, você só precisaria parar de roer tanto, passar um esmalte, que tal fazer isso para o grande dia e, diante do espelho, você abre bem sua mão e olha pra ela bem aberta, temos que dar um crédito pra ela, apesar de você ver que já envelheceu, você sabe que, assim como elas estão, rechonchudas desse jeito, suas mãos têm um ar infantilizado, uma mãozinha de criança que a qualquer momento vai deixar alguma superfície grudenta. São mãos velhas e são mãos infantis, que coisa interessante, que metáfora pra esse corpo, hein. Você se vira de frente novamente e agarra os próprios peitos, faz isso como um desafio, você faz todo esse ritual, de novo e de novo, de forma meio desafiadora mesmo, me desafiando, certamente, olho no olho. São duas bexigas mais ou menos vazias, infelizmente sobre o próprio corpo não há como se aplicar aquela máxima que separa os que enxergam um copo meio cheio daqueles que enxergam um copo meio vazio. Existem situações que não têm nada a ver com ponto de vista, tipo quebrar uma cadeira quando se está sentada sozinha em um bar. Você vê suas tetas apontando pra baixo. Lembra que há alguns anos tinha lido uma matéria sobre peitos caídos que ensinava a medir a flacidez usando uma caneta: se ela ficasse presa sob a dobra, bem, você tem peito caído, sim, está valendo um procedimento estético. Você decidiu contar quantas canetas cabiam. Andou até a escrivaninha e puxou a caneca com lápis e canetas pra mais perto, que coisa meio ridícula de se fazer nesse estado e nesse momento, e cabem quatro canetas embaixo de cada teta e elas não correm risco nenhum de despencar da proteção dessa carne toda.

Imagina só se um dia você engravidasse e desse à luz um filho e enchesse essas tetas de leite e tentasse fazer com que o bebê sugasse o alimento por aí, vencer todo esse tamanho com uma boquinha minúscula, só essa ideia já me dá um arrepio, tetas desse tamanho aumentando ainda mais e soterrando um bebezinho indefeso, porque as suas tetas, elas nunca vão servir pra fartura, elas sempre vão servir para o excesso, um bebê soterrado de você. Enfim, levanta um peito até uma altura em que ele fique como os das suas amigas ou os das mulheres que você vê pelas redes sociais. Depois você levanta o outro e fica olhando, com a mão tapando o mamilo e segurando todo aquele peso, que beleza deveria ser ter peitos em pé assim, num tamanho normal, peitos que olham pra frente, e não que olham para o chão, mas, de certo modo, você inteira olha para o chão permanentemente, não olha? Você lembra se esses peitos sempre foram caídos assim? Sim, eles sempre foram caídos assim. Quando você se senta na cama pra se vestir depois do banho, as tetas encostam até quase o umbigo, o mamilo roça a pele e causa desconforto. O tamanho do seu corpo sempre ditou o tamanho das suas tetas, é claro, mas elas sempre foram duas bexigas murchas desse jeito aí. Às vezes menores, às vezes terrivelmente enormes como elas estão agora, dois balões tristes. Tão grandes que você nem sabe quanto tempo faz que você não coloca um sutiã, quanto tempo faz que você se contenta com aqueles tops de ginástica que, além de segurarem bem, evitam a preocupação de chegar em casa com a lateral em carne viva pelo corte do sutiã e ainda ter que encarar a bexiga murcha, que é a sua teta, escapando inteira por baixo do aro de metal. Você pega impulso e pula o mais alto que pode, tudo isso pra ver o espetáculo que são os seus peitos se jogando e voltando, como quem pula de bungee jump, e a dor nos peitos compete com a dor nos tornozelos pelo pulo mal executado e mal planejado e você automaticamente olha pras suas pernas, essas duas torres de gordura que te seguram todos os dias e aguentam um peso que dobrou nos últimos anos. Suas pernas tiveram que se adaptar a você o tempo inteiro, reconheça valor nisso, o problema é você, e não elas, viu? Elas parecem mais as pernas de um sofá velho e esburacado, feitas com o mesmo material e a mesma forma do sofá velho e esburacado. São imensas também, você não vê seu joelho ali dentro, as meias deixam tudo marcado, as calças, apenas de suplex, deixam tudo marcado também. Um médico uma vez disse que você tinha uma condição chamada lipedema, mas isso foi antes, foi daquela última vez que você fez de tudo pra diminuir, até começar a finalmente aparecer, diminuir a ponto de ser vista, quanto menor, mais atenção, uma loucura que seja assim que funcione, né, você não se conforma, quando a gente coloca as coisas em palavras, a gente vê bem a loucura de tudo. E essas pernas, hein, com tanta celulite que você chega a nem se incomodar, porque uma coisa estranha demais num conjunto estranho demais é totalmente natural. Você não pode reclamar, elas te carregam pra todo lado, ao mesmo tempo que você tem direito de reclamar, elas estão cada vez mais inábeis na capacidade de te carregar com destreza pra todos os lados. Elas cansam, você está cansada de ter pernas tão cansadas, que fazem um esforço vergonhoso pra subir cada degrau de escada, e você detesta essas pernas que se encostam de cima a baixo e exigem que você use calças até nos dias mais quentes do verão pra não sair deixando tiras de carne viva por aí. Quem sabe se você tivesse ajudado essas pernas de alguma forma, feito algum reforço, oferecido resistência e mobilidade através de exercícios de força, talvez elas estivessem melhores e mais funcionais, mas não, você preferiu deixar que elas definhassem sob mais de uma centena de quilos, que elas se virassem sozinhas, largou elas de mão, é assim que dizem, então não vem dizer que você não tinha como imaginar que isso acabaria assim. Tinha, sim, né, você pode se culpar, se culpa, melhor se culpar do que ficar achando tantas desculpas diante desse espelho. Aí que na metade das suas pernas, ao mesmo tempo que seus joelhos desaparecem, você tem grandes joelhos que fazem um contorno estranho na parte de dentro das pernas, onde tem um acúmulo maior de gordura e talvez cartilagem? Você testou pra entender se é cartilagem e imagina que seja cartilagem, gordura e cartilagem em um formato tão estranho que você percebeu não ser capaz de dizer exatamente a forma do osso do seu joelho, ou de passar a mão e sentir exatamente a forma do osso do seu joelho, porque ela não aparece muito no conjunto final, mas quando você se senta, seu joelho parece ter quase o tamanho de uma cabeça de adulto, bebês têm cara de joelho, mas não do seu joelho, homens carecas talvez tenham a cara do seu joelho, homens carecas com uma cicatriz branca de sete centímetros da vez que você, aos dez anos, estava brincando de subir no telhado com as amigas e foi pesada demais pra telha podre aguentar e caiu em cima de uma mesa de ferramentas da oficina de carros do pai de uma delas, eles todos desesperados e a única coisa que aconteceu foi um corte profundo no joelho, resolvido com alguns pontos, você nem lembra quantos, foi mais sorte do que juízo, tão mais sorte do que juízo. Então você fica na ponta dos pés e olha pra eles, finalmente algo em que você não está em desvantagem no mundo, já que pé feio todo mundo tem. Mas você viu que seu pé não é feio, só é inchado e agora também você está tendo certa dificuldade em encontrar a numeração 40. Ano passado você ainda conseguia usar botas tamanho 39 e elas eram bem mais fáceis de achar, numeração feminina é limitada porque o recado é claro, você tem que caber, e agora não adianta querer ser a transgressora que pensa que não vai caber mesmo, porque a sua vida inteira, a sua vida inteirinha, tudo o que você fez foi desesperadamente tentar caber. Por fim, você vira de costas pra ter um apanhado da parte de trás do seu corpo, fica meio que enviesada pra conseguir ver o máximo possível. As pessoas reparam na barriga de pessoas gordas, mas não tem nada de inesperado aí, as pessoas se surpreenderiam mesmo olhando pras costas, como podem existir tantas camadas de gordura num lugar tão improvável. As suas costas contam como uma segunda barriga, são quatro pneus que se sobrepõem de cada um dos lados. Não são contínuos como os da barriga, você vê, mas estão ali, juntos, construindo o que são as suas costas, impedindo que um sutiã sirva direito em seu corpo, em seus peitos, fazendo com que qualquer coisa com um elástico um pouco mais firme arranque pedaço também. Parece que tudo é feito pra arrancar pedaços do seu corpo, é realmente uma bravata que você continue com ele inteiro, que quebrem as cadeiras, mas não você. E a bunda, é claro, você nem tem uma bunda tão grande assim, ela é larga, é verdade, mas não é volumosa, é espalhada, e ocupa mais espaço do que uma cadeira consegue conter, você fica olhando pra sua bunda como se ela fosse culpada pela queda da cadeira, uma bunda apenas, mas a bunda que sentou na cadeira. Fica tão absorta na própria bunda que quase parece esquecer do resto, mas não, e você vira de frente de novo, um corpo que no fim é só um corpo, tudo isso por um corpo que é só um corpo, e é por essa raiva toda que esta constatação lhe traz que você vai fazer o que vai fazer. Porque você vira de frente e vê de novo isso aqui, um corpo imenso em harmonia, suas camadas de pele e gordura, suas marcas e estrias, e você sente que não tem nada de errado com esse corpo, é só um corpo, o seu corpo, como pode uma vida inteira refém de um corpo que, no fim das contas, nada mais é do que um corpo. Gordo. Você.

Aos setenta e seis quilos, tinha recém quinze anos e começou no seu primeiro emprego como secretária de um consultório médico da cidade. Mas o mais marcante foi que, nessa idade, também conheceu o primeiro reganho de peso, chegando aos oitenta e sete quilos, depois de ter emagrecido dez. Então, aos setenta e seis quilos, engordou onze. Agora as pessoas a viam e comentavam que é bem como dizem, se você emagrece rápido, você engorda tudo de novo e mais um pouco, e ela aprendeu que existia um jeito certo de emagrecer, que era qualquer outro que não o dela. Com o trabalho, veio o próprio dinheiro e uma inspeção mais acirrada da mãe. Um dia, ao receber o pagamento, comprou um pacote de bala de goma e foi para casa comer em frente da televisão, não ouviu a mãe chegar, a tempo de esconder as balas na dobra do sofá. Aquela foi a última vez que a mãe a machucou fisicamente, acertando seu rosto com uma toalha molhada enrolada de um jeito que desestabilizou as duas e causou o fim definitivo dos castigos físicos. Na noite seguinte, ganhou o primeiro concurso de oratória de que participou na vida, deixando para trás adolescentes mais velhos e experientes. Seus pais estavam na plateia, acompanhando ansiosos todo o evento. Olhar para eles era uma fonte inesgotável de tormento, um lembrete diário de como era errada e fracassada, digna de gritos, castigos, correções físicas que faziam com que ela se aperfeiçoasse em se colocar ao lado do próprio corpo, como se não fossem um só. Quem ela era versus o corpo que ela tinha, e a crença de que ela era muito mais. Os pais, na plateia, batiam palmas emocionados, enquanto ela ganhava o primeiro lugar. ▪

Depois de sair de casa como em todas as manhãs, ir até o ponto de ônibus e ter a sorte do transporte do Gustavo chegar antes, voltou para casa e foi direto bater à porta do síndico. Sabia que as chances de o salão de festa já ter sido reservado eram grandes, mas mesmo assim fazia sentido começar por aí. O vizinho do 403 tinha acabado de cancelar a reserva daquele domingo por questões pessoais, e o síndico disse isso enquanto dava uma piscadinha e falava baixinho acho que agora o divórcio vem, hein. Ela não se deu nem ao trabalho de fingir um sorrisinho e logo pediu as chaves para dar uma olhada no espaço e começar a planejar uma decoração simples. Tinha o que mais importava naquele momento: um lugar relativamente pequeno e uma cozinha separada da área da festa, onde ficavam geladeira, freezer, forno e pratos, copos e talheres, micro-ondas, um modelo novo com a porta de vidro.

Estava engajadíssima na missão de descobrir como é possível fazer o eletrodoméstico funcionar com a porta aberta. Tentou, inclusive, mandar e-mails e entrar em contato com diversas marcas, fingindo que era uma jornalista de uma revista de curiosidades trabalhando em uma matéria, mas ainda não tinha recebido nenhum retorno e tudo o que encontrava eram artigos da internet que faziam suposições, considerando que o aparelho funcionasse sem a trava de segurança, ou que explicavam como um papel alumínio se comportava no micro. Atrás da porta da cozinha, por algum motivo, um espelho de rosto pendurado, vai ver que pensando no estado de quem se dava ao trabalho de preparar a comida e depois participar da festa.

Ela conhecia o espaço, Gustavo e ela já o tinham reservado algumas vezes para fazer churrasco com amigos, tanto os dela quanto os dele, só precisava checar o lugar com seus novos olhos. O último churrasco, pouco mais de dois meses antes, foi com os amigos de Gustavo e suas namoradas, casais com que ela convivia quando o namorado quisesse, mas pelos quais não sentia nenhum carinho em especial, *aquelas vacas nojentas e básicas que ficavam te chamando de gorda pelas costas, aquela vez que foram todos a uma pizzaria e você chegou ao banheiro na mesma hora em que elas cochichavam quão corajoso Gustavo deveria ser pra encarar tudo isso, e você ali pensando, mas tentando não pensar em quão corajoso mesmo Gustavo tinha de ser, e você tá sentindo? Esse incêndio no seu peito é exatamente o que você tem que sentir, segura ele, retém esse fogo, se prepara dia a dia pra fazer tudo explodir.*

Encontrou sobre as mesas do salão os jogos de toalhas e guardanapos de tecido disponíveis, um vermelho e um amarelo-mostarda, e decidiu pelos vermelhos. Em uma das paredes, um espelho que ia de uma ponta a outra, tipo de artifício para fazer com que o espaço parecesse maior. No canto, uma geladeira extra que viria a calhar para evitar que entrassem na cozinha para pegar bebida enquanto ela preparava o prato principal. Na parede lisa, espaço suficiente para que fizesse a decoração para os convidados tirarem fotos: uma cortina de papel brilhoso, que também seria vermelha, com seu nome e o número trinta.

Devolveu as chaves, voltou para casa e se sentou diante do computador. Abriu um programa de edição e criou um layout para enviar como convite. A partir das sete da noite estaria esperando os convidados com bebida, e o jantar seria servido às oito. Sabia que estava em cima da hora, mas, por favor, que confirmassem presença até a quarta-feira. Depois da arte pronta, tosca, mas com senso estético, fez uma lista dos convidados: os pais e o irmão, Gustavo, Mariana e Arthur, os colegas com quem dividia o dia a dia na agência, bora celebrar os últimos três anos, os quatro amigos mais próximos de Gustavo e suas namoradas, alguns amigos dos tempos de faculdade com quem saiu muito antes de começar a namorar, as melhores amigas da faculdade e seus namorados, com quem Gustavo nutria uma relação de parceria da qual ela se orgulhava, não tanto quanto com Arthur e Mariana, mas o suficiente para manterem esse círculo social, e os pais de Gustavo. *Tem certeza de que é só isso?, tem certeza de que a esta altura do seu estado você não vai nem tentar chamar Otávio, não quer que ele a veja como você está agora?, que ele nos veja na festa, que ele sinta, que ele testemunhe?* Pensa em Otávio e em como queria que ele estivesse presente. Ele era amigo de seus amigos, eles tinham tido uma história conturbada, da qual Gustavo nada sabia, não seria nenhum absurdo tentar. Agora queria, mais do que tudo, que Otávio também estivesse presente.

Quando viu, pela primeira vez, a balança atingindo a marca dos três dígitos, aos dezessete anos, viveu mais uma novidade. A experiência extrema no corpo atingiu com força o espírito e ela revidou atingindo mais ainda o corpo: sem vontade de coisa alguma, mas firme em todas as obrigações de trabalho, escola e as atividades extras, ajudar em casa, academia que os pais pagavam, e ela que honrasse esse dinheiro, estudar para o vestibular, ficou duas semanas sem escovar os dentes, não tinha força nem motivação, e não tinha alguma coisa a mais que aparentemente era necessária para que uma pessoa escove os próprios dentes. Superou o hábito de não escovar os dentes e também os cem quilos. Aos cento e dez, participou da excursão de fim de ensino médio, indo para a praia com a turma de colegas. Armou-se com uma autoestima inventada e beijou, escondida, vários colegas. Um dia, na praia, na frente de todo mundo, um professor lhe sugeriu emagrecer, tinha um rosto tão bonito. Aos cento e doze quilos, se formou no ensino médio. Foi oradora da turma, usando um vestido que fazia com que se sentisse ainda pior, as colegas todas com vestidos lindos e justinhos, comprados de lojas, e não encomendados de costureiras, quis chorar durante a cerimônia inteira e, quando chorou de emoção durante o discurso, não chorou de emoção, mas de desajuste. Pesava cento e doze quilos quando passou no vestibular para publicidade e começou a sonhar com a saída de casa, a mudança de cidade e uma inadequação sem testemunhas íntimas diárias. ▪

Sentia que Gustavo agia de forma estranha e sabia que isso só acontecia porque era ela quem agia de forma estranha. Se fossem conversar, esta seria a conclusão óbvia: ela estava diferente, quase nunca o esperava acordada, mal compartilhava a empolgação com a festa, parecia querer fugir.

— Tem certeza de que tá tudo bem contigo? Você anda tão quieta.

Estavam sentados juntos no sofá, numa das noites em que ele não tinha aula, e ela não tinha como fingir que dormia quando ele chegava. Ela assistia a qualquer coisa na televisão enquanto ele seguia comprometido com aquele calhamaço do qual, a essa altura, ela já estava mais íntima. Gustavo ainda não sabia que ela tinha se demitido. Todos os dias, sem nenhum constrangimento, ela encenava a ida ao trabalho. Se precisava entrar em uma lotação, entrava só para andar até a próxima quadra e voltar, mas costumava ter sorte, já que os ônibus passavam com mais frequência do que qualquer lotação por ali. Passava o dia jogada naquele mesmo sofá, pelada, comendo o que encontrasse pela frente, comendo o que não encontrava e do que precisava ativamente ir em busca. Era uma liberdade não se importar mais com nada, entrar todos os dias no mesmo mercado e comprar uma infinidade de coisas, esfregar o carrinho na cara de qualquer um que olhasse e pensasse nossa, mas essa aí, hein, esse carrinho combina mesmo. Além de comer, também lia o calhamaço de Gustavo e assistia às séries na televisão sem prestar nenhuma atenção. Chorava, sentia tanta raiva que chorava até se reorganizar, como uma criança que não sabe explicar os sentimentos. Se alguém pudesse assistir ao que acontecia internamente, veria um espetáculo: aquilo que ela engoliu sem digerir a vida inteira voltava como um vômito que não jorrava da garganta. Quando podia, mais por preguiça do que por qualquer outra coisa, evitava sair de casa para ir ao mercado. Os aplicativos de tele-entrega resolviam a questão e, com o celular em mãos, fazia pedidos que deveriam durar dias, mas que terminavam em pouco tempo. Assim como quando ia ao mercado, se ainda se importasse, o único constrangimento com o qual precisaria lidar era o porteiro, que recebia sacolas e mais sacolas quase diariamente, algumas que deixavam ver o conteúdo, que reforçavam orgulhosamente o que todo mundo gostava de pensar mesmo, que ela estava do jeito que estava porque queria, não se importava, não tinha força de vontade, era uma sem-vergonha, nunca vi alguém comer tanto. Mas não se importava e pegava as sacolas sorrindo e olhando nos olhos. Quando não comia tanto porque não comia tudo no primeiro dia, guardava o que sobrava em uma das gavetas do guarda-roupa, algumas poucas roupas estendidas por cima, para o caso de Gustavo fuçar por lá. Algumas coisas eram espalhadas pela casa em locais estratégicos, como atrás dos livros de Gustavo, na prateleira mais próxima ao chão, lugar em que ele não mexeria até finalizar o livro que estava lendo. Era perita em esconder comida, desde sempre teve que ser. Ainda criança, descobriu o forro de um urso de pelúcia gigante, encontrado pela mãe mais tarde, que tinha no quarto e colocava lá os extras que conseguia, fosse com o dinheiro da mesada, fosse contrabandeando da casa da avó ou roubando numa loja de doces aberta na cidade. Ficava horas na loja como se estivesse escolhendo o que comprar e aproveitava a lojista desavisada para colocar dentro da bolsa tudo o que conseguisse. Até que foi pega e passou a viver em absoluto horror de que a mulher contasse para seus pais o que ela tinha aprontado. Apesar de saber que era perita em esconder, não o fazia de maneira confiante, o medo de ser desmascarada cozinhava suas tripas. Mas, ao mesmo tempo que lembrava do que a mãe fazia, se esforçava para lembrar também que Gustavo não era sua mãe, que Gustavo não estava em uma missão para humilhá-la, que Gustavo não queria, mais do que todas as coisas, um motivo para poder esfregar na cara dela todo o desprezo que sentia.

Pautava o seu dia conforme os horários do namorado e, assim como a rotina da manhã, a da noite também era encenada, o teatrinho de quem chega em casa antes, toma banho e começa a preparar o jantar para se sentarem juntos à mesa e conversarem sobre o dia. Menos quando ele tinha aula, que aí ela não se dava mais ao trabalho, se escondia na cama e lá ficava até a manhã do dia seguinte, fingindo que dormia um sono profundo. Mudava até a respiração. Mas, mesmo com o pouco tempo em que ficava em casa, Gustavo conseguia perceber a companheira transformada nessa pessoa estranha, andando de forma hesitante pelos cômodos, comendo cada dia mais, tentando desaparecer desse jeito contraditório. E ela estava esse caos mesmo, não tinha interesse genuíno em ser outra pessoa, os outros que fizessem isso por si mesmos, que se resolvessem, que fizessem suas yogas e suas meditações, que usassem roupas que os empoderassem, que usassem o que quisessem, mesmo mal cabendo dentro, que questionassem os restaurantes ou bares com cadeiras frágeis, que entendessem que, aos olhos do mundo, ninguém é tão importante assim, que aprendessem a diferenciar a sua fome sem fim da fome sem fim que assola o mundo, que se preocupassem mais com problemas realmente importantes, aprendessem que são pessoas de valor, que merecem amor, que o caralho a quatro. Ela não tinha espaço para essas baboseiras, ela queria apenas fazer o que tinha de ser feito e isso tudo era apenas o que ela já decidira que ia fazer.

– Falta pouco para o meu aniversário, né, acho que essa nuvem carregada na minha cabeça é essa retrospectiva, só. Lembra do ano passado, que eu chorei três noites seguidas?

– Tá bem, mas me diz no que eu posso te ajudar, me diz o que eu posso fazer pra que você se sinta bem de novo? Eu tô aqui, você sabe disso, né?

– Eu sei, meu amor, eu sei. Pode deixar que eu te aviso.

– E ano passado você chorou três noites seguidas porque a sua avó morreu, é diferente.

Era verdade. A avó morrera três semanas antes de ela completar vinte e nove anos e, quando isso aconteceu, fazia meses que não a via, travada de medo de visitar os pais e se ver através de seus olhos decepcionados. A culpa foi maior do que a tristeza, a avó já estava com mais de noventa anos, a morte se aproximava fazia tempo e ela, que via a morte chegando cada vez mais perto da avó, não foi capaz de entrar num ônibus, chegar de surpresa e dar um abraço gordo na velha, que jamais fez comentário algum sobre o seu corpo ou sobre o seu valor. Por isso foi muita tristeza também: crescendo, encontrava na avó um refúgio da própria casa, a avó sempre pronta para burlar as ordens da mãe e do pai, lhe dar nem que fosse um biscoitinho, deixar que tomasse o leite integral, e não o desnatado, que repetisse a sobremesa. Às vezes ela dizia só um, combinado?, e uma piscadela faceira, confiando na habilidade da neta de comer um só, e ela sempre surpresa, sempre consternada, comendo um só e ficando satisfeita, percebendo uma capacidade que parecia que só a avó descobria e acessava nela. Agora era estranho pensar que a maior parte dos setenta quilos que engordou pareciam ter se juntado ao seu corpo justamente depois que a avó morreu.

– Aí, ó, tá perdida de novo! – Gustavo a olhava com cara de quem dizia o óbvio.

– Sim, mas é que agora eu tava pensando na vó.

– Se você acha que é a vida na agência que não dá mais mesmo, me avisa também, vamos pensar em outra coisa, ok? Vamos dar um jeito.

Ainda não tinha contado para Gustavo sobre o episódio da cadeira e, quando ele perguntou sobre o bar, falou que achou o atendimento péssimo e não pretendia voltar. Desde que a cadeira quebrou, não transavam mais. Não era tanto tempo assim e cada casal encontra o seu tom de vida sexual, mas a deles era bem ativa, especialmente por iniciativa de Gustavo, cuja libido parecia insaciável e não perdia nem para o cansaço depois de um dia de trabalho, horas em transporte público, faculdade, *parece que o desejo que ele tem por ti foi aumentando conforme tu aumentava, reparou? Aquele jeito como ele te aperta, que é o jeito que qualquer pessoa aperta uma coisa extremamente fofa, a gente sendo infantilizada, parecendo um ursinho agarrado por uma criança.* Gustavo nunca falou nada sobre o corpo dela, agia como quem desejasse cada pedacinho, e agora a noção desse desejo escancarado começou a incomodar. Ela tinha mudado tanto desde que se conheceram, tinha duas vezes o tamanho daquela época, como é que o desejo dele não se transformava, não sofria os efeitos que o tempo costuma ter entre os casais? Não existia estímulo extra para manter toda essa chama, a não ser o corpo dela, e o que martelava em sua cabeça quando olhava para Gustavo ao seu lado, quando fingia que dormia ou repelia o namorado dizendo que hoje não, era isto: Gustavo devia ter uma tara, fetiche, tesão em mulheres gordas, qualquer mulher gorda, as das ruas e as dos pornôs, *e você é a mulher gorda ao lado dele, como a realização desse fetiche, a excitação permanente até que o fetiche se esvazie, até que o fetiche se transforme e, aí sim, você vai deixar de ter função, de fazer sentido nesse casal que, no começo, seguiu a lógica que a gente conhece desde sempre e que diz que pra namorar, apenas a mulher magra.*

— Eu me pesei esses dias, Gustavo.

Estavam sentados um em cada ponta do sofá, ela tinha acabado de dizer que não estava a fim de transar e ele entendeu e se afastou, ela um pouco ofendida com o afastamento, esperando que ele ouvisse o não, mas seguisse com o corpo grudado ao dela, amparando com a sua magreza a vulnerabilidade dela. A confissão só saiu de sua boca, sem nenhuma intenção ou planejamento, como quem precisava, enfim, justificar. Ele ficou em silêncio, finalmente uma resposta não evasiva, deixou que ela continuasse.

— Eu peso quase cento e cinquenta quilos agora, você sabia?

— E continua uma gostosa.

Ele se aproximou e passou o braço sobre os ombros dela, o corpo dele, enfim, amparando-a.

— Você não se importa?

— Em que sentido?

— Você não se importa que a minha aparência agora seja esta, tão diferente de quando a gente se conheceu, você não se importa que eu seja gorda assim?

— Não, pelo amor de Deus, claro que não, pra mim continua sendo você, tudo que eu sinto, eu sinto por você e eu amo esse corpo assim como eu amei o outro corpo. — Ele se virou e olhou nos olhos dela, fez carinho em seu rosto, puxou-a para um abraço.

— E por que a gente nunca mais foi almoçar com os teus pais?

Gustavo suspirou. Era verdade, fazia um bom tempo que eles não iam mais almoçar com os pais dele no domingo, algo que, antes, era um programa corriqueiro. Não que ela sentisse falta, pelo contrário. A sogra, em comentários que passavam longe de ser ingênuos, ficava o tempo inteiro falando sobre corpos – os dos outros, claro, nunca o da nora. Fulana tinha engordado não sei quanto, estava um horror, agora teria que correr atrás, o irmão que comia um monte escondido, o ator na televisão que ela tinha certeza de que era mais magro na última novela, como ficou feio, né, a sicrana que o bebê já tinha dois anos e estava mais gorda do que quando pariu, e olha que já tinha engravidado gorda. Comentários que vinham com aquelas perguntas retóricas, como pode alguém se descuidar desse jeito, o que será que falta para tomar vergonha na cara e emagrecer, por que não fecha a boca e faz um exercício. Nessas horas, ela nunca sabia o que fazer e respondia à sogra tentando desviar o assunto, a fulana estava na menopausa, o irmão não deve fazer por mal, né, é hábito e tal, o ator virou pai, parou de dormir, a mãe, então, coitada, deixa ela cuidar do que ela quiser, né, tem uma criancinha pequena em casa.

— Porque eu vi o que a minha mãe estava fazendo e vi como tu te sentia.

— Tu sabe que ela fazia de propósito, né?

A relação com a sogra nunca tinha sido ruim. A sogra nunca antes fora invasiva. Essa mudança de comportamento era uma novidade que se desenrolava enquanto ela passava do estágio de ter dado uma engordadinha e já ficava claro que seu aumento de peso vinha em progressão geométrica.

– Sim, ela é sem-noção. Eu só não queria que você ficasse chateada por uma besteira dessas, não tinha por quê.

Tinha vezes que Gustavo a irritava porque era totalmente decente. Ela esperava sinais claros de que ele a abandonaria e não encontrava nada concreto em que se apoiar. O abandono que esperava não se deixava antecipar. Era preciso ficar muito alerta.

– E por que você começou a me apertar como se eu fosse um urso de pelúcia?

– Como assim?

– Assim, você me aperta desse jeito desesperador, como se eu fosse um ursinho fofinho, e eu não suporto mais isso. – Ela se desvencilhou do abraço e olhou fundo nos olhos do namorado, que pareceu realmente surpreso.

– Eu nunca percebi, mesmo mesmo, não sei nem o que dizer. Desculpa? É só que eu tenho um tesão absurdo por ti.

A resposta segura era típica dele, mas não valia a pena se estender nisso também. Queria poder virar todas as mesas em todos os cantos, mas não tinha as palavras exatas.

– Tudo bem, Gustavo, não encana com isso. – E foi para o quarto, deixando-o na sala, perguntando a si mesma se ele, pelo menos, refletiria sobre o assunto ou se abriria o bendito livro, mergulharia na leitura e desistiria de tentar entender.

Tinha uma coisa em favor de Gustavo: o sexo dos dois foi evoluindo ao longo do relacionamento. Começou de um jeito bem sem-sal, que a deixou levemente desmotivada, se perguntando se seria sempre assim. No começo, o foco da relação sexual era totalmente no prazer dele. Ela também focava no prazer dele, preocupada com uma performance que pudesse agradá-lo. Ficava de quatro mesmo sem curtir muito, cavalgava como se suas pernas fossem de aço, nunca reclamava quando sentia o joelho doendo em uma posição exagerada. Com o tempo, o foco da relação sexual foi se transformando para os dois. Ele começou a focar no prazer dela e a fazer perguntas e pedidos, o que você quer, como você quer, me ensina, me explica, me mostra, tá bom pra ti, e ela respondeu e acompanhou, o sexo virando, então, uma troca justa, os melhores orgasmos da vida, orgasmos que pareciam clichê: moravam juntos havia mais de ano já, estavam transando no sofá, ele entregue com prazer num sexo oral que fazia os quadris dela rebolarem tanto quanto ela nem sabia que podia, o orgasmo que chegou do movimento combinado, língua dele e quadril dela, as gargalhadas pós-orgasmo, o ápice tão extremo e inédito, as gargalhadas transformadas em lágrimas, o corpo inteiro e a alma também, tudo entregue àquele momento perfeito. Gustavo também, ali, trabalhando com ela para isso, abraçando-a surpreso, ela surpresa com a reação espontânea, ela transando de forma espontânea, eles apaixonados, enfim. Ninguém nunca lhe desejou sem culpa nenhuma como Gustavo. Naquele momento, ela sabia daquilo com todo o corpo. Não teria imaginado, então, que chegaria um tempo em que o desejo que o namorado sentia a atingiria atravessado, torto, fazendo com que se sentisse suja e inadequada.

 Alguns minutos depois de ela chegar ao quarto, Gustavo veio atrás e se deitou ao seu lado na cama. Ela procurava referências simples de decoração de festa para o domingo. Ele baixou o celular que ela olhava e aproximou rosto com rosto.

– Eu sei que você não está bem, tem certeza de que você não precisa de ajuda?

Ela evitou o olhar de Gustavo, sabia que ele estava a uma frase de lhe sugerir uma terapia, uma ajuda para lidar com o que parecia um problema, mas acontece que ela não sentia que estava lidando com um problema, se sentia, de certa forma, andando em direção a uma solução, e ele não entenderia uma coisa dessas, e uma coisa dessas, como ela planejava fazer, não era algo que abria espaço para maiores explicações.

Começou a faculdade com oitenta e dois quilos, aos dezoito anos. A autoestima com a qual chegou no primeiro dia de aula era a de quem tinha acabado de emagrecer quase trinta quilos, um trabalho árduo e muito faminto, a primeira vez que emagrecia tanto peso na vida, o começo do padrão que se estabeleceria nos anos seguintes. No trote do primeiro dia, evento cheio de brincadeiras humilhantes com a justificativa de entrosar calouros e veteranos, foi chamada apenas de gordinha. Ganhou a faixa Miss Peso Pesado. Nesse dia, conheceu Mariana e ficaram amigas de cara. Mariana era a Miss Padaria. Na primeira festa a que foi com Mariana e os novos colegas, já pesava oitenta e cinco quilos e, pela primeira vez, entendeu o significado do segredo que um dos veteranos pediu, depois de se agarrar com ela e trocar sexo oral, e ali se iniciou também um padrão que se repetiria nos próximos anos, o de ela fazer escondido e entender o porquê. Pesava noventa e cinco quilos quando Mariana e ela foram morar juntas e permaneceram assim durante toda a faculdade e um pouco mais. ■

É claro que não era como se nunca tivesse feito terapia ou ido a psiquiatras e psicólogos. Tinha dado todos esses rolês e, por isso mesmo, revirava os olhos para os processos que derivavam desses processos. Nunca encarou nenhuma sessão com o comprometimento necessário para transformar a si mesma em palavra. Não sabia o efeito de dar nome às coisas e mesmo agora, quando sua única motivação era acessar as dores de sua vida inteira, o fazia revendo cenas cruéis e sentia que o fazia muito bem sozinha. E isso porque já teve Mariana ativamente sugerindo que ela conversasse com alguém. Foram morar juntas ainda na metade do primeiro semestre de faculdade, tinham bastado alguns poucos meses para verem que a afinidade daria conta de uma casa em comum. Mariana se desconstruía e se autoanalisava, trabalhava em si as questões da infância que não ficaram bem resolvidas, dizia que não era o tamanho do tópico que importava, mas a disposição para olhar para essas coisas, desconstruir padrões, ressignificar. Como boa entusiasta, a amiga tentava entusiasmá-la, fazê-la virar a cara para a resistência que soava como birra, mesmo que estivesse longe de ser. Mas teve uma época em que Mariana saiu desse lugar de animadora de torcida e assumiu uma posição séria, a mesma que ela sentia que Gustavo estava prestes a assumir. Talvez estivesse realmente na hora de falar com alguém.

Foi no retorno das primeiras férias após o começo da faculdade, depois de ela ter encarado toda a família e os amigos com muitos quilos a mais do que quando saiu da cidade para estudar, um grande fracasso que era percebido o tempo inteiro refletido nos olhares de todo mundo. Havia sido um verão estressante, depois de um semestre estressante, em que percebeu que vivia agora em um ambiente em que talvez não desse conta de ser melhor do que todo mundo, talvez fosse um fracasso por completo, incapaz de atingir um nível muito mais complicado do que o que estivera acostumada a vida inteira. Ter chegado em casa com esses quilos extras, que vieram sem nenhum esforço e que tinham custado muito para deixar seu corpo antes disso, com dieta de fome e quatro horas diárias e aplaudidas na academia, foi o fim, foi mais do que ela conseguia lidar, foi o ápice de uma sucessão de momentos em que vinha se sentindo miserável. Saiu da cidade natal como exemplo de força de vontade e voltou com o tamanho do fracasso, e todo mundo fazia questão de lhe apontar, como se ela não pudesse ver sozinha no espelho ou nas roupas que ia guardando sobre o guarda-roupa da época. Na volta das férias, já não tinha mais muita energia, matava aulas, passava os dias prostrada, reagindo apenas para chorar, sem dizer coisa nenhuma. Mariana mostrou que talvez ela estivesse com problemas maiores e, depois de pedir dinheiro para a mãe, procurou um psiquiatra, que era também um terapeuta.

Da primeira sessão, já saiu com a receita de topiramato e, na quarta, já reclamava dos efeitos colaterais, uma sensação de emburrecer ainda mais, como se a medicação formasse uma barreira que a impedisse de alcançar de verdade o que tinha dentro do próprio cérebro. Dias antes, em um seminário na faculdade, num trabalho apresentado em dupla e para o qual estava preparada, simplesmente não aguentou o pavor e a pressão. Abandonou o colega no meio da apresentação. Primeiro se trancou no banheiro, depois foi correndo para casa e, só no outro dia, enviou uma mensagem para a professora justificando com uma crise de enxaqueca. Foi como a cereja do bolo da própria mediocridade que vinha experienciando nos meses anteriores e, diante disso, tudo o que conseguia pensar era que não tinha mais nada dentro de si. Então culpou o topiramato, culpou o psiquiatra e foi inventando culpado atrás de culpado. Sabia que a culpa não era do remédio, mas ele realmente a deixava de um jeito que ela não gostava, não entendia.

Acontece que o topiramato era um medicamento ideal para quem queria perder algum peso, era isso o que ela queria, não era? Parar de comer e diminuir o tamanho do próprio corpo? A gente pode pensar em outro medicamento, claro, mas talvez precise entender por que motivo você está engordando tanto. O psiquiatra, um homem beirando os sessenta anos, cheio de cabelo e barba, o que fazia com que ela imaginasse a quantidade de pelos em outras partes do corpo, tirava os óculos a cada par de minutos para olhar fundo nos olhos dela e trazer essas perguntas. Ela nunca sabia muito bem como responder a questões que pareciam quase retóricas e decidiu só abandonar as consultas e nunca mais cogitou colocar o pé na sala de um terapeuta, *abandonou não porque não sabia o que responder, não, você abandonou só depois daquela sessão absurda, aquele homem nojento que ficava falando sobre os homens que comiam cachorros-quentes nas barraquinhas do centro, no horário de meio-dia, em pé, mortos de fome depois da manhã de trabalho, você sem entender muito bem aonde ele ia chegar, e ele indo mais longe, dizendo é sexual, não é?, é com desejo, não é?, comer é algo sexual, a comida é algo sexual, aquela comida excessiva é sexual, e você entendendo menos ainda aonde ele ia chegar e ele chegando lá, será que você não quer que olhem exatamente assim pra você, receitando topiramato e sexo, dizendo o que você quer mesmo é ser desejada, precisa transar e sentir que é mesmo desejada, mudar o foco, ser olhada e devorada como um cachorro-quente de horário de almoço, você consternada dizendo eu não sou comida, ele dizendo será mesmo que não, e você saiu de lá e nunca pensou no assunto e transou tudo o que transou sem pensar no assunto e agora você queria mesmo era olhar nos olhos daquele médico e contar tudinho o que você vai fazer, porque a gente vai, cuspir que não era ser desejada o que você queria, então toma-lhe que era isso mesmo que você ia ter e todo mundo ia ter e todo mundo ia se dar conta e querer morrer porque, no fim, todo mundo vai querer mesmo é te comer.*

Pesava cento e quinze quilos quando conseguiu um estágio em publicidade, aos dezenove anos. Tinha sido indicada por um professor e foi para a agência, no primeiro dia, se sentindo completamente constrangida. Estava um calor tenebroso e ela chegou para o trabalho toda suada, depois de caminhar para economizar a passagem de ônibus. O sentimento de inadequação aumentou quando a pessoa que a recebeu a olhou de cima a baixo, de um jeito que fez com que ela fosse se checar no banheiro, como se tivesse algo extremamente nojento à mostra no corpo, algo além do suor. Não tinha nada. Aquela mulher, ela descobriu depois, tinha emagrecido vinte e cinco quilos uns anos antes e, além de manter o peso conquistado durante todo esse tempo, também compartilhava dicas para mulheres em busca de uma vida saudável em um blog. ■

A primeira vez que teve um orgasmo foi aos dez anos, brincando de namorados com uma amiga de infância, brincadeira inocente que seguiu inocente, mesmo enquanto esbarravam nas descobertas dos próprios corpos. A partir daí, passou a ser uma brincadeira com propósito. Primeiro elas se esfregavam, de um jeito parecido com o que os casais faziam nas novelas da televisão, e, assim como nas novelas, se esfregar foi suficiente para fazer com que sentissem algo. Mudaram a configuração da brincadeira, agora cada uma tinha um namorado, invisível aos olhos, mas não aos corpos, prontas para transformarem travesseiros e almofadas em um corpo imaginário cuja única função era fazer crescer nas duas esse prazer. A sensação maravilhosa que sentiu pela primeira vez, naquela tarde, passou a ser necessidade do corpo, ainda corpinho, ainda infantil, e toda noite, antes de dormir, friccionava o travesseiro entre as pernas, imaginando que ele era a personificação de alguma pessoa ainda indefinida, o desejo como próprio objeto de desejo. Não sabia exatamente o que fazia, tinha certeza de que era errado, bom demais e livre demais para não ser.

 Durante a catequese, que fazia todos os sábados à tarde como preparativo para a primeira eucaristia, se perguntava se alguma das colegas também cometia esse pecado, sozinha no quarto ou na companhia de outras amigas.

Na época da primeira comunhão, se viu obrigada a contar tudo para o padre durante a primeira confissão: era gulosa (ela não achava que fosse de fato, mas o padre olharia para ela pronto para supor esse pecado e era melhor que ela o confessasse e que o homem não achasse que fosse mentirosa também); era mentirosa (não achava que fosse, mas a mãe dizia isso o tempo inteiro, então não custava colocar na conta, melhor errar para mais que para menos); buscava prazer diário esfregando um travesseiro entre as pernas (esse era verdade mesmo); e tinha muita raiva da mãe (esse era verdade também). Junto com a graça de receber o corpo de Cristo através da hóstia, recebeu a penitência de rezar cinco pais-nossos e cinco ave-marias e, a partir daquele dia, a cada vez que recebia o pãozinho branco, precisava repetir esse tanto de oração para ser absolvida dos pecados. Nunca rezou tudo isso nem coisa nenhuma. Dava um tempinho lá ajoelhada no banco da igreja e se levantava antes de todo mundo, orgulhosa da pequena penitência que os outros perceberiam nela, irretocável.

Continuava usando o próprio corpo para o pecado e confessando isso ao padre, até o momento em que passou a entender cem por cento o que fazia, e o padre deixou de ser íntimo da sua intimidade, ele nada mais que um homem que não deveria conhecer seus segredos. Agora tinha a novidade recém-descoberta do chuveirinho do banheiro, a masturbação, companhia diária nos banhos cada vez mais longos, ou o travesseiro sendo substituído pelos dedos todas as noites, antes de dormir. E foi assim até que transou aos dezesseis, a primeira vez sendo o ápice da falta de graça, nem bom nem ruim, nem estranho nem íntimo, nem nada de nada, um rapaz aleatório, em um dos retiros da igreja, ela menstruada e a cama ficando suja de sangue, nunca soube se sangrou como dizem que sangra na primeira vez. Ele ficou apavorado com tanto sangue, enquanto ela dizia que relaxasse, ele perguntando como explicaria aquela coisa toda e ela surpreendentemente despreocupada, a cama não era dela, o problema também não. Sua vida sexual começava sem espaço para continuar, à espera de quando saísse de casa, à espera da sensação de que seu corpo era finalmente um corpo seu. E, depois, se masturbando como quem marca território nesse corpo que escapa, que sempre tentavam lhe tirar, mais sozinha do que acompanhada, mesmo quando passou a ter companhia.

Foi com dezessete anos que começou a consumir pornografia e ficava molhada sempre que assistia a vídeos de sexo lésbico, duas mulheres perfeitas, com corpos perfeitos, que lambiam e chupavam uma à outra, sem que nenhum objeto fálico ficasse no caminho. Colocava-se no lugar das atrizes e tinha orgasmos cada vez mais rápidos e eficientes, um depois do outro, até o clitóris doer, de tanta sensibilidade. Adulta, acolhia o sexo como quem se afirmava, como se fosse uma ferramenta que ajudava a firmar a ideia que construíra de si. Repetia para si mesma o quanto gostava de sexo e o quanto o sexo era imprescindível, o quanto ela estava disponível para nada mais que sexo, o máximo que conseguisse, com o maior número de pessoas que pudesse, em busca de orgasmo atrás de orgasmo, do jeito que fosse, orgasmo sempre sendo, no fim, uma conquista solitária. Essa era a narrativa que lhe cabia quando sabia que era possível transar com alguém que não a cumprimentaria se a encontrasse na rua. Então transou muito e em segredo, como se o sexo fosse o segredo que ela guardava, *você um segredo guardado pelos outros quando o assunto era sexo e daí tinha mesmo que objetificar todo mundo, porque senão você não iria conseguir ignorar o fato de que o objeto era você e daí você não teria ignorado aquele tanto de coisa que acontecia, o cara metendo direto no cu, sem aviso nenhum, te segurando com força e dizendo que ia te arregaçar todinha, lembra do pavor que você sentiu de ser arregaçada todinha enquanto dizia isso, mete mesmo, ou o cara que te comia e te lembrava que nunca tinha saído com ninguém tão gorda, ou o cara que tirou a camisinha enquanto vocês transavam e, quando você questionou, disse que tinha certeza de que não tinha com o que se preocupar porque você não devia transar com tanta gente assim.* Obrigava-se a levar certas coisas na esportiva, não tinha como avançar sem uma dose de leveza, encarava situações que tinham tudo para desestabilizá-la, como o cara com quem tinha transado muitas vezes, ela na performance de insaciável que fazia com que ele sempre voltasse, até o dia em que ele saiu do banheiro e olhou para ela estirada na cama.

— Você sabe que é gordinha, né?

Sim, ela sabia, mas tudo o que fazia era para que ele não percebesse, para que não falasse, não se sentisse no direito de apontar. Encolheu-se dentro de si e cresceu fingindo uma risada solta, ele se vestindo e sorrindo também:

— É que você transa como se não soubesse. — *Você sempre acusada de não saber, andando com suas amigas em uma rua cheia, durante uma noite de carnaval, usando uma saia e uma blusa iguais às de todas elas, vocês encomendaram essas roupas especialmente pras noites de festa e você vestiu a mesma roupa que elas, um cara tentou te beijar do nada e você se esquivou, ele te empurrou enquanto gritava bem alto pra todo mundo ouvir suma, sua gorda, vai emagrecer uns quinze quilos antes de querer sair andando desse jeito por aí, e o cara que você realmente queria beijar ouvindo tudo e saindo de perto; você acordando ao lado do amigo de um amigo depois de uma festa, o celular dele apitando e você conseguindo ver a mensagem do amigo em comum perguntando e aí, comeu a gordinha?; você descobrindo que um colega de aula deixou uma rede social logada no seu computador direto em um grupo formado apenas pelos colegas homens da faculdade, seu nome em vários tópicos com ofensas e brincadeiras jocosas, como a que dizia que apenas com os braços de todos eles juntos era possível vencer a sua circunferência e te abraçar.* Ele tinha sacado algo que ela se esforçava muito para fazer: agir como se tivesse o direito de agir do jeito que agia. Mesmo quando era difícil demais e a insegurança a corroía por dentro, ela seguia agindo como agia, sustentada pelo fato de conhecer o próprio corpo como ninguém, uma mulher que sempre goza, a crença inabalável de que existia muito poder em uma mulher que sempre gozava, ela gozando mesmo quando não gozava. Muito lençol foi trocado até chegar ao sexo que tinha com Gustavo. Se tivessem se conhecido quando ela estava gorda, quem sabe ele também a teria mantido entre quatro paredes e quem sabe ela também o tivesse mantido entre quatro paredes. Que estranho perceber que, gorda desse jeito, Gustavo lhe dava mais que migalhas e ainda permitia que ela experimentasse um sexo cuja troca era de verdade.

Aos cento e quinze quilos, tinha vinte e um anos. Na mesma época, Mariana terminou um relacionamento e, a princípio, ficou abalada. Depois ficou pronta para sair muito e viver intensamente todos os eventos universitários disponíveis. Já ela estava ficando mais sério com um colega de faculdade, um cara legal que não era nada demais. Era só isso que ela conseguia? O lance foi minguando aos poucos enquanto ela sentia inveja da capacidade de Mariana de engatar relacionamentos legais com caras legais. Tinha noventa e cinco quilos e vinte e um anos quando conheceu Otávio e transou com ele pela primeira vez. ■

Naquele dia, tinha decidido que voltaria ao bar. Enquanto planejava a festa, se deu conta de que seria melhor contar com a ajuda de um garçom e queria sentir de novo a queimação de olhar nos olhos do homem que lhe estendeu a mão depois que ela se estatelou sobre aquela cadeira, olhar nos olhos dele e ver a chama da gargalhada – que ela não o viu dando, tudo bem, mas que tinha certeza de que ele deveria ter dado. Lidar mais uma vez com a humilhação de reviver aquele momento, aquele acontecimento tão grandioso que foi a abertura de um portal para tudo o que ela viveria nos dias seguintes, *você estava tão atordoada quando caiu no chão, a sua perna estava doendo por causa da queda, você estava processando a humilhação, reparou pouco no que acontecia em volta e, mesmo assim, tudo o que aconteceu após a sua queda foi captado. Aquele garçom segurou a gargalhada com todas as forças, ele foi, sim, ajudá-la a levantar, perguntou, sim, se tudo estava bem, mas ele queria muito rir, era impossível que não quisesse, e ele com certeza riu quando você saiu de lá, e agora ele tá ali servindo bebida pra todo mundo, otário. Lembra daquele incômodo que você sentiu sobre os ombros? Achou que pudesse, de alguma forma, ter machucado as costas, mas não. Era vergonha. É esse o peso que a vergonha tem e você ainda está com os ombros curvados. E é verdade que pode ser que você tenha saído de lá e que cada um tenha seguido a sua vida, que no máximo uns poucos comentários humilhantes tenham rolado entre os funcionários e entre as pessoas que ocupavam as outras mesas, mas você também sabe como é sentir nojo e como é sentir pena e saber que evoca sentimentos assim nas pessoas é uma espécie de âncora te puxando pela cara.*

Aproximar-se do bar a deixava apavorada, como se o lugar inteiro fosse uma grande cadeira que não daria conta de seu corpo grande demais. Uma cadeira cheia de gente, todas pessoinhas pequenininhas se comparadas a ela, uma gigante, não apenas gorda demais, imensa demais, mas desproporcional demais, agigantada pela sua incapacidade de caber. As pessoinhas sentadas às mesas dentro dessa grande cadeira, muitas pessoinhas, os olhares se transformando em puro horror ao ver que ela se aproximava, ao medir o tamanho de seu quadril e apenas imaginar o tamanho de sua bunda, uma bunda tão gigante que deixava todo mundo com a certeza de que era uma bunda que faria estrago, todo mundo na iminência do fim, ela pronta para fazer estrago mesmo, sem culpa nenhuma, chegando ao bar-cadeira antes que qualquer uma das pessoinhas conseguisse sair porta afora, uma cadeira-bar que a chamava mais do que qualquer coisa, ela não apenas se sentando, mas se jogando, as pernas estendidas como uma criança com pés que não alcançam o chão, a cadeira-bar quebrando lentamente, um grande purê de pessoinhas sob a sua bunda, nem se sentiria julgada, quem quebra uma cadeira já aprende a lidar com cadeiras quebradas, ela se levantaria sozinha, como da outra vez, mas mais fácil, não precisaria fingir coisa alguma, a cadeira esmagada e as pessoinhas também, ela levantando os ombros como quem diz *ops* e indo embora com sentimentos muito bons dentro do peito, sua raiva dançando com a euforia, essa coisa tão boa. Riu consigo mesma e se sentiu acalmar, mas não entrou direto. Parou em frente ao local, meio na lateral, sem se deixar ver através da porta ou das janelas de vidro, mas teria que entrar se quisesse encontrar o garçom que a ajudou com a cadeira. Passou pela porta com as bochechas ardendo. Eram quatro horas da tarde, o lugar estava praticamente vazio, quentinho e tranquilo, e ela se transformava em uma barragem para conter a água forte dentro de si, performance de confiança, isso ela sabia fazer, costumava ser mais fácil, é verdade, mas ela conseguia fazer, ela fez muitas vezes antes, precisou fazer, *você indo a um encontro com mais um cara aleatório de aplicativo de relacionamento e vocês indo a um bar que, ao que tudo indicava, era o bar de estimação dele pra levar pessoas de aplicativos de relacionamento. Você bebendo um drink e conversando com o homem, aquela conversa banal que você tem com uma pessoa que vê pela primeira vez e com quem pretende simples e unicamente transar, você ouvindo os garçons engraçadinhos do bar comentarem, citando o nome do cara, que fulano ultimamente estava sem muito critério, hein, baixando o nível. Tentou fingir que não ouviu, foi ao banheiro, deu dois minutos e voltou. Você passou olhando nos olhos daqueles caras, que imaginou serem os responsáveis pelo comentário, olhando nos olhos de todos eles, mostrando que você tinha, sim, algum nível pelo menos, fazendo isso enquanto tudo o que queria era sumir dentro de si mesma e, dentro de si, apenas seis drinks alcoólicos pra dar conta. Prova de que o problema também é você, veja só, você, que conseguia se impor, conseguia desafiar, você que, conseguindo fazer todas essas coisas, escolheu, na maior parte da sua vida, e dá pra dizer em toda a sua vida, baixar os olhos e se apequenar, mesmo que apequenar seja uma palavra que só lhe coube uma vez, porque não lhe coube nem quando bebê. E aquele dia você pagou sua parte da conta, pagou o adicional de serviço opcional e levou aquele cara pra casa, você sem critério nenhum, topando alguém que provavelmente faria graça de você com aqueles amigos depois, você transando com a luz ligada mesmo, seu corpo que fosse visto, ele que visse bem o corpo gordo que lhe daria prazer por uma noite, ele que fosse embora assim que terminassem.*

Mas daí a vida foi acontecendo, ela emagreceu muito, viveu como gente magra, engordou sem prestar atenção alguma, apenas deixou acontecer, e aí entrou nesse bar num dia despretensioso e quebrou a porcaria de uma cadeira. A partir disso, tudo virou revitimização. Se pudesse, convidaria todos aqueles caras para a sua festa de aniversário. No bar, escolheu uma mesa próxima da janela e se sentou, agora contendo muita fúria e revolta interna, o medo latente de quebrar mais uma cadeira. Avistou o garçom que a atendeu da outra vez, tentou fazer contato visual, mas foi outro homem, um jovenzinho de cabelo descolorido, que veio em sua direção. Eram apenas dois trabalhando no salão àquela hora da tarde. Pediu uma weiss grande e pediu que o outro garçom a atendesse e ainda precisou lidar com um sorrisinho quando o novinho saiu e foi chamar o colega. Ele veio com a cerveja numa bandeja, a cumprimentou e perguntou se tinha algo mais em que ele pudesse ajudar.

— Na verdade, sim. Eu vim aqui uns dias atrás e, enfim, curti o jeito como você me atendeu. — Fez um silêncio e esperou que ele desse algum sinal de reconhecimento. Ele não demonstrou nada, apenas fez um movimento de cabeça como quem diz às ordens. A graça desse momento escancarada: a única envolvida naquela tragédia foi ela própria, ninguém mais deu atenção e importância, seria arrogância sua achar que as pessoas realmente ficaram pensando nisso depois. Como pode que um acontecimento tão decisivo passe em branco para o resto do mundo? Como o tamanho de qualquer pessoa é pequeno demais para deixar marcas na ordem e no fluxo das coisas. As vidas tão rápidas e sem sentido que todo mundo, todos os dias, apenas levanta da cama para seguir o fluxo das coisas rápidas e sem sentido.

— Eu caí da cadeira naquele dia, enfim, e tu me ajudou. Daí que vou dar uma festa de aniversário no domingo e queria saber se você trabalha por fora, se atende em eventos particulares.

— Eu trabalho no bar no domingo, mas dependendo, sabe, dependendo do que a senhora precisa, posso tentar mudar minha escala e te ajudar.

— Dependendo do quê? Qual o valor da diária?

— Eu cobro trezentos pra fazer esse movimento todo. Mas fico oito horas à sua disposição, senhora.

— Tá bem, ótimo. Nem vai precisar de tanto tempo. Me passa o teu contato que depois eu te mando mensagens e explico tudo por lá, pode ser?

Enquanto ele anotava o número de telefone num guardanapo, sem nem levantar os olhos do que fazia:

— Ficou tudo bem aquele dia?

— Ficou, sim, obrigada.

Ela bebeu um gole da cerveja tentando indicar que a interação entre eles tinha terminado por enquanto. Certamente o cara chegou sozinho à conclusão de que tê-la ajudado naquele dia foi imprescindível para conseguir esse bico. Assim que ela acabou a cerveja, sentada em uma cadeira que ainda não tinha quebrado, ele foi, mais uma vez, solícito e rápido para atendê-la. Ela pediu mais uma, dessa vez uma IPA, para finalizar com o amargor do qual tanto gostava. O primeiro gole na segunda cerveja trouxe um sabor delicioso e, conforme a quantidade do líquido diminuía dentro do copo, crescia a expectativa de que a cadeira em que estava sentada fosse quebrar mais uma vez. Era justamente essa cerveja que tomava quando quebrou uma cadeira neste bar, parece que cada célula do seu corpo associou o sabor ao acontecimento, único, isolado, mas que parecia uma constante em sua vida. Como se a única coisa que fez em seus quase trinta anos tivesse sido quebrar cadeiras.

Bebia com a cabeça baixa, olhando para o celular, perdendo tempo com as redes sociais. O algoritmo lhe ofereceu um vídeo de duas irmãs gêmeas e gordas, uma maior do que a outra, as duas dançando uma coreografia que lhe parecia desafiadora, cheia de movimentos em que se abaixavam e se levantavam com rapidez e destreza, durante uma música que ela não ouvia porque estava sem fone de ouvido. Eram a prova viva de que condicionamento físico tinha mais a ver com as possibilidades incentivadas ou tolhidas de cada um. Um corpo gordo fazendo isso era quase transgressor, mas, se o mundo fosse um lugar normal, um corpo gordo se revirando numa dança dessas seria algo também bastante normal, *você jogava vôlei e, na hora de se alongar, uma colega fez um comentário em voz alta dizendo nossa, não sabia que gente gordinha conseguia alongar desse jeito, e o pior de tudo é que ela falou sem maldade alguma, falou em tom de surpresa, a limitação do corpo gordo no imaginário de todo mundo desde que você passou a se entender por gente e muito antes disso também.* Pensava nisso quando clicou para ler a legenda e se deparou com um texto que dizia que a única coisa impossível era conviver com o preconceito e o estigma e, de repente, ficou tão irritada com tudo naquelas duas que saiu das redes sociais. Abriu o aplicativo de um marketplace que vendia de tudo na internet e era conhecido pela entrega rápida. Pensou no que faria, no que tinha conseguido reunir de informação prática até agora e em como realizaria seu plano. A falta de resposta direta e a matemática de que teve que dar conta para entender o que aconteceria e como aconteceria fez com que ela decidisse seguir pelo caminho do personagem do livro de Gustavo: um buraco no vidro do micro-ondas com o tamanho suficiente para caber sua cabeça, e o papel alumínio fechando o espaço em volta do pescoço. Imaginou que o escritor tivesse conseguido fazer uma pesquisa melhor do que a dela e, na falta de alguém lhe dizendo, por A mais B, o que fazer exatamente, ela pegava o que já tinha no mundo e aplicava à sua realidade. Parecia realista, levando em conta tudo o que tinha lido, embora entendesse que talvez isso fosse por causa da questão da verossimilhança, querendo ou não, aplicava o conceito em suas campanhas publicitárias também. No fim das contas, era o que tinha para tentar.

Na loja, buscou por cortador de vidro e encontrou um que formava uma espécie de compasso, cujo tamanho poderia ser determinado manualmente. Era isso. Ela própria faria o que precisava ser feito. Comprou o cortador com um clique e largou o celular para ficar olhando para o nada, mastigando a delícia de sua perversão até terminar sua IPA. Levantou-se da cadeira sem cuidado algum, arrastando mesmo, sem manejar nem um pouco do próprio peso para as coxas, pagou a conta e foi andando até o ex-emprego, que ficava a duas quadras. Entrou na agência e foi direto para sua antiga estação de trabalho dar oi para o chefe e os antigos colegas. Todos se animaram ao vê-la.

Sua caneca ainda estava em cima da mesa e seu lugar ainda estava vazio. Foi convidada para um café ali mesmo e o próprio chefe se levantou para encher sua caneca. Trocaram amenidades, ficou sabendo que sua última campanha, aquela que não apresentou, tinha sido aprovada. Reiterou o convite para o aniversário, que já tinha sido enviado por mensagem de texto, e todos confirmaram que iriam, sim, comemorar seus trinta anos e a vida nova no domingo. Principalmente a vida nova. Saiu dali e passou no setor de recursos humanos, onde assinou os documentos com a moça do RH, não tinha ideia do nome dela, devia ser a décima que estava na função desde que começou aquele trabalho. Teve uma surpresa que a deixou ansiosa. A psicóloga gestora do setor foi até ela e a convocou para uma conversinha rápida em sua sala:

— Chegou até mim uma preocupação dos seus superiores quando você quis sair da agência — disse isso com um sorrisinho condescendente que talvez tivesse a intenção de ser lido como simpático. — Você disse que precisava voltar a cuidar da sua saúde, certo?

— Sim. — A pergunta foi capaz de acabar com o tipo de ansiedade que ela sentiu ao ser chamada para a conversa e isso não foi uma coisa boa porque também foi capaz de dar início a outro tipo de ansiedade, uma bem pior, que dizia respeito ao tipo de conversa que teriam.

— Tá tudo bem? É algo em que possamos ajudar? — Além do sorriso, o tom condescendente na voz da psicóloga era irritante e manipulador.

— Como seria isso, exatamente? Eu acabei de assinar a minha demissão no RH, né? — Estava se sentindo uma presa atraída para uma armadilha por uma criança sociopata que não quer comer, quer só machucar.

— Não sei, você me diz. Queria ter essa conversa pra não ficar nenhum mal-entendido entre a agência e você, e você poder sair tranquila. Sempre foi uma funcionária muito querida e admirada aqui dentro, trouxe prêmios, era reconhecida, sua decisão pegou todos de surpresa. A gente achava que ia contar contigo por muitos anos ainda.

— Pois é. Mas essas coisas acontecem, estava precisando de uma mudança de ares. Quem sabe um dia... — E deu um sorrisinho que, se fosse por escrito, sairia como hehe.

Imaginou que a agência estivesse temendo algum processo pelas infrações dos direitos trabalhistas. Não seria a primeira vez e muito menos a última, mas ela estava longe de ter isso em mente. Mas também não se gastaria dizendo que não se preocupassem, pois que se preocupassem mesmo, embora todo mundo soubesse que a prática não era comum, já que exigir os direitos trabalhistas costumava fazer com que os profissionais se queimassem no mercado e ficassem definitivamente sem trabalho. Quem entrava na Justiça sempre recebia ganho de causa, mas sempre mudava de área.

— Eu sei que os últimos anos foram intensos pra você, mas deixa eu te dar um conselho pra vida, ok?

— Claro, manda.

— A vida sempre vai apresentar situações desafiadoras, um dia é o trabalho, outro pode ser um relacionamento, um filho, um projeto pessoal, problemas com dinheiro, enfim. Não são os desafios que te desequilibram, mas sim o fato de você não estar firmemente equilibrada. Você precisa encontrar alternativas pra passar por tudo isso sem sofrer, hum..., impactos tão grandes, sabe? Uma yoga, uma atividade física, um trabalho manual... Tudo bem se perder, mas é importante não se perder tanto a ponto de não se encontrar mais, viu?

Piscou algumas vezes sem maiores reações até entender que a conversa tinha terminado. Na sua mente, apenas a cena em que se sentava diretamente na cara da psicóloga, abria as bandas da bunda para que a cara daquela coisinha ficasse presa nas pregas do seu cu, que seria contraído com força até que a psicóloga ficasse sem força, parasse de respirar e morresse sufocada por uma bunda desequilibrada.

Aos cento e cinco quilos tinha vinte e dois anos, cortou o cabelo curtinho pela primeira vez, colocou um piercing no nariz pela primeira vez e fez uma tatuagem pela primeira vez. Morava fora de casa havia quase quatro anos e ainda sentia dificuldade de se afastar da mãe, cuja ausência nunca se concretizava. A relação das duas estava abalada e a cada intervenção que fazia, ficava ainda mais tensa, a mãe pagando o aluguel para uma filha ingrata que mentia a torto e direito, surgia com alterações no próprio corpo sem pedir permissão, colocava todo o futuro em risco pelo simples prazer de tatuar a própria pele, um desgosto que a mãe nunca tinha imaginado, depois de sempre ter feito tudo por ela. Nessa época, ela e Otávio se conheciam havia alguns meses e se encontravam com frequência, uma relação casual, mas que não era segredo e acontecia mais ou menos aos olhos de amigos em comum. Tinha cento e quinze quilos quando ele transou com ela antes de irem para uma festa juntos e, na festa, a evitou a todo custo, até que ela o encontrou beijando outra mulher, com quem foi embora respaldado pela casualidade da relação, claro, mas também deixando clara a mensagem que ela sabia ler muito bem, a expectativa frustrada apertando o peito e o constrangimento de sentir o olhar constrangido dos amigos a deixando mortificada. Na noite seguinte, ele mandou mensagem e ela foi ao seu encontro. ■

Na quarta-feira anterior ao aniversário, recebeu um telefonema da mãe, que geralmente mandava mensagens de texto, a não ser para assuntos mais urgentes, como quando precisou contar que a avó morreu. Tinha falado com o irmão, mas ele não poderia ir, estava comprometido com uma festa no mesmo final de semana e não queria perder o evento. Tu sabe como ele é, sim, sim, mas tudo bem, vocês vêm, não vêm?

— Sim, já tô aqui pronta pra trabalhar na minha produção de docinhos. — A mãe riu e ela riu também, a mãe aposentada e bem mais leve, a produção de docinhos como algo prazeroso, e não mais uma obrigação de uma vida cheia, de quem se negava a deixar passar em branco a celebração de aniversário de um filho e também se negava a pagar para alguém fazer o que ela mesma poderia fazer.

De certa forma, a mãe sempre viveu em função do cuidado, mesmo trabalhando fora e, ao que tudo indicava, esse tinha sido um fardo pesado demais. Um dia, se tivesse netos, seria, sem sombra de dúvida, totalmente dedicada, provavelmente um pouco invasiva, uma avó que serviria para ser avó a distância, assim não teria como invadir muito o espaço da mãe ou do pai. Provavelmente já estava se preparando para esse tipo de jornada e esperava, em breve, encarar a missão com toda a atenção do mundo. Nunca lhe ocorreu que os filhos não viessem a ter filhos e, como os dois ainda eram jovens, o assunto nunca nem foi levantado. O máximo a que chegava era, sutilmente, pontuar sobre a idade, mas sempre falando sobre si mesma.

– No meu tempo, a biologia não acompanhava a cultura. Agora, as mulheres da tua idade podem congelar óvulo e engravidar bem mais velhas, mas eu acho que não é mesma coisa, mas, enfim, cada um sabe do seu. Eu não me arrependo de nada, não tem nada melhor do que ser mãe neste mundo – ela dizia, concluindo esse assunto quando não encontrava uma plateia disposta o suficiente.

Com a mãe, o tema da maternidade sempre foi muito confuso. Ao mesmo tempo que cresceu a ouvindo falar sobre como ser mãe era a melhor coisa da vida, também cresceu no papel de filha dessa mulher e, com conhecimento de causa, sempre queria discordar, ela não parecia tão feliz assim sendo mãe. Talvez a filha é que fosse errada e a mãe não curtisse muito ser mãe dela, especificamente. Agora se perguntava quando teria sido a última vez que a mãe, de fato, a desejou. Provavelmente no útero. Nasceu já um bebê muito mais gordo do que a maioria dos bebês e a mãe sempre contava que, com três meses, já era bem difícil e cansativo segurá-la no colo, *imagina que desde bebezinha você já era um fardo imenso demais, já ocupava muito espaço, já fazia o colo da sua mãe parecer pouco, imagina o quanto também você não colocou ela à prova, o quanto não jogou na cara dela que nenhum controle no mundo seria suficiente pra controlar o seu tamanho, pode até ter controlado você, mas o seu corpo ela nunca foi capaz de controlar, justo ela, tão controladora, ela, que não deixava que você beijasse, que surtaria se soubesse como você perdeu a virgindade, que pirava a cada tatuagem e mudança na sua aparência, isso antes de você emagrecer, é claro, na verdade, veja só, parece que ela só lhe passou o controle sobre o seu próprio corpo no momento em que viu que você emagreceu, como se, antes disso, você não fosse merecedora dessa coisa imaculada que é ter um corpo pra chamar de seu, e daí o que rolou é que você tinha um corpo pra chamar de dela.* Essas coisas lhe vinham à mente do nada e o tempo inteiro, desde que quebrou a cadeira e passou a ligação inteira fixada nesse pensamento, o de que talvez a mãe não gostasse de ser mãe dela, esse bebê grande demais, que só fez crescer na vida. A mãe avisou que ela e o pai tinham decidido ficar em um hotel desta vez, e ela sabia o quanto isso era um luxo para os dois, mas, desta vez, não insistiu para que ficassem com eles, dormissem na cama, a gente se ajeita no sofá, como tinha sido das outras duas vezes que eles vieram, desde que ela morava com Gustavo. Mesmo assim, a mãe fazia questão de ajudar a preparar tudo, e ela nem se deu ao trabalho de dissuadir a mulher, queria a ajuda mesmo, queria muito a ajuda dela.

— Já pensou no que vai ter pra jantar?

— Eu pensei em fazer um strogonoff, acho que é mais fácil e todo mundo curte. Podemos cozinhar na cozinha do salão de festas mesmo, que tem aquelas panelas grandonas, sabe?

— Quer que eu faça uma torta? Posso levar pronta já, daí não precisa gastar com mais isso.

— Seria ótimo, mãe, muito muito obrigada! Vou colocar trinta velinhas em cima.

— Então vou fazer bem grande pra não ficar feio. Quer redonda ou quadrada?

— Tanto faz, vê o que fica melhor pra ti.

Planejava a festa com todo o seu coração e desejo, estava absorta, imaginando o ápice que seria aquele dia.

Os convidados já estavam confirmados, os docinhos e o bolo estavam garantidos com a mãe, a comida seria preparada na data, combinaria que Gustavo ficaria responsável pela bebida e pelo gelo, o kit para cortar vidro deveria chegar em breve e agora ela estava a caminho de comprar a decoração: velinhas coloridas, uma cortina de fitas vermelhas e balões com os números três e zero, mais as letras que formavam o seu nome. Estava tudo definido e não tinha como ser mais empolgante do que isso.

Aos cento e nove quilos e vinte e quatro anos, terminou a faculdade de publicidade e propaganda e se juntou aos amigos para uma comemoração. Seus pais foram para a colação de grau, a mãe estava linda, usando um vestido novo que comprou para o evento, até gastou um dinheiro inédito fazendo maquiagem e cabelo no salão. Lidava com a menopausa e tinha engordado uma quantidade considerável nos últimos tempos, demais para quem sempre conseguiu manter um padrão de peso. Ela disse que a mãe estava linda e, pela primeira vez na vida, pôde dizer que a mãe também estava gorda, como você engordou, hein, mãe, tá na hora de começar a fazer alguma coisa, não deve ser saudável com essa idade. Minutos depois, viu que a mãe estava com os olhos cheios de lágrimas, e ela saiu com um sorriso que mostrava todos os dentes quando Mariana lhe puxou para a foto dos formandos. Otávio ainda era uma constante na sua vida, num jogo de gato e rato que não permitia que ficassem juntos, mas que os impossibilitava de ficar separados. Naquela noite, bloqueou todos os contatos de Otávio pela primeira vez, número de telefone e redes sociais, quando o viu beijando uma colega sua na sua própria festa. ▪

Oie! Tudo bem? Seguinte: sei que esta é uma mensagem aleatória, mas enfim. Domingo vou fazer uma junção de aniversário, cheguei aos trinta. Vai ter, sei lá, umas vinte e tantas pessoas convidadas e eu realmente sei que esta é uma mensagem aleatória, tá? Mas eu queria que você viesse, sei lá. Arthur e Mariana vêm, óbvio, e mais gente que você conhece vai estar aqui também. Posso mandar os nomes se você quiser. De novo, eu sei que é um convite aleatório, faz o quê, uns dois anos que a gente não se fala? Mas enfim, fica aqui o convite. Sério, eu realmente queria que você viesse. Beijo!

A mensagem, quase em cima da hora, foi enviada sem despertar sentimento nenhum, nem o impulso de jogar o celular longe. Otávio não fazia mais diferença desse jeito. Estava animada com a festa e colocar Otávio no jogo a empurrava ainda mais nessa direção, revisitando a última década e se sentindo ainda mais confiante com a decisão que tinha tomado, de não vacilar no amor e não repensar o futuro. Queria de verdade remoer o passado, integrá-lo, sentir no corpo o quanto ele fazia parte de si. Porque a função de imaginar uma festa que reuniria os seus, de estar com Gustavo e Mariana, e outros amigos e os pais, de contratar um garçom, tudo isso poderia ser um ingresso de entrada para uma sessão das coisas boas da vida, aquelas que ela nem conseguia mais acessar desde que a cadeira quebrou, mesmo que ela não tivesse muitas condições de pegar esse ingresso em mãos, de entregá-lo na portaria, *você precisa se manter firme no seu propósito e é por isso que estamos fazendo o que estamos fazendo, você precisa lembrar que você também aconteceu no corpo de todas essas pessoas e, ao contrário do que aconteceu contigo, elas passaram incólumes por você. De certa forma, todas elas, todinhas, passaram incólumes, enquanto você absorveu tudo o que podia de todas elas e elas não podem mais passar incólumes por você.* Assim, Otávio chegou para ocupar o lugar que lhe cabia, de um jeito que nunca antes tinha ocupado, que vinha sem nenhuma expectativa, sem nenhum resquício dos anos em que ela o orbitou.

Quando se conheceram, o encontro foi explosivo. Foi o único relacionamento cujo primeiro encontro foi explosivo em sua vida toda. Não que tenha sido prazeroso, agora ela sabe que nunca foi, sempre um sexo mesquinho reunido com mais mesquinharias. Mas toda vez que acontecia, ela sentia que estava justamente onde tinha que estar, que seu corpo precisava ficar ali, colado naquele corpo, nem que fosse para ficar diante de uma televisão fumando maconha o dia inteiro, *sempre doeu, né? Você nunca conseguiu admitir em voz alta porque em voz alta a humilhação que os outros testemunhavam seria demais pra você dar conta. Você nunca conseguiu dizer, tenta dizer agora, você sabe o que é, tenta dizer em voz alta, diz assim, eu sempre fui apaixonada por ti, Otávio, diz pra ti mesma só, você foi naquele tempo lá do passado, naquele tempo em que ele te mascava e cuspia e você se arrastava de volta, você foi, sim, perdidamente apaixonada por Otávio.*

Foram anos de desencontros, anos em que viveu uma esperança hesitante, abalada a cada festa em que se encontravam e ele avisava que naquele dia não iria rolar e ou não rolava mesmo ou ela respondia uma mensagem enviada às cinco horas da manhã e eles se encontravam para irem embora juntos. Abalada em cada uma das vezes que saíam juntos para uma festa e, a determinada altura, ele aparecia atracado com outra mulher; a cada vez que a ansiedade desencadeava uma crise alérgica que deixava seu rosto desfigurado; a cada conversa que ela tentava desenrolar e ele não engrenava. Existem tipos de amor que, menos que amor, são vícios que funcionam para a manutenção de crenças profundas. Tudo o que Otávio fazia com ela era confuso porque atingia os dois polos, aquele em que a autoestima não se sustentava e aquele em que uma espécie de delírio de grandeza tomava forma. É uma mancha na sua história, uma sujeira de vulnerabilidade que ela tentou disfarçar, mas que teve de encarar em vários momentos. Nunca soube explicar o que, em Otávio, a fez tão refém, *você sabe que ele não é bom em nada e nunca foi, nem especialmente bonito, ou legal, ou gentil, ele sempre mediano, de um jeito que, você também tem que concordar, era inviável pra você na época. Você se afastava de tédio e vergonha, e a vergonha que você tinha por ser humilhada era também a vergonha que você tinha dele, talvez fosse isso que lhe fizesse topar tanto ser apenas um fim de noite, a incapacidade de se ver ainda mais diminuída ao assumir um relacionamento com ele. Você guardou isso de um jeito ainda mais profundo do que o jeito como você guardou seu amor por ele, e você precisa se dar conta disso também, de como você não presta porque tudo o que você fez na vida, as pessoas com as quais andou, as coisas que conquistou, tudo precisava ser uma grande validação dessa pessoa incrível que você era. Apesar de tudo, você.* Ficavam meses sem se ver, até que uma nova mensagem de madrugada desencadeava a série de desencontros, uma temporada daquele sentimento ambíguo em que ela entendia que era boa demais e não era boa o suficiente.

Foi com Otávio a única vez que não conseguiu passar por cima da autoconsciência e deixou de transar por causa do corpo que ocupava. Logo antes de emagrecer tudo o que emagreceu, depois de meses em que não se encontrava com ele, recebeu uma mensagem às três da madrugada, estava na rua mesmo e, porque não tinha lugar melhor para ir, foi. Drogaram-se e beberam até de manhã e, quando ele tentou transar, ela disse que não estava a fim.

– De onde saiu essa agora? – ele perguntou, só de cueca, sentado ao seu lado na cama, o pau duro, beijando o pescoço dela, um corpo estendido, vestido, o cérebro pegando fogo.

– Eu não tô me sentindo bem comigo mesma.

– Como assim?

– Eu engordei muito desde a última vez.

– E daí?

– E daí que eu não quero.

– Você acha que eu me importo com isso? Sério mesmo?

– Sim, Otávio, você se importa. A nossa história inteirinha é a prova de que você se importa, de que nunca me achou boa o suficiente, de que sempre me deixou de lado por qualquer outra magra e brega que você conseguisse pegar.

– Ah, não, espera aí, não, eu me recuso, tá? Me recuso a ouvir isso. Você tá viajando.

– Olha todas as vezes que a gente foi juntos pra alguma noite e você simplesmente virou as costas pra mim, sem nem tentar disfarçar.

– E você nunca fez isso? Eu sei listar todas as vezes que você fez isso.

– Eu fiz porque você fazia.

– No começo, antes de eu nem sequer pensar em fazer. Diz que você não lembra.

– Eu não lembro.

– Sério mesmo?

– Sério mesmo.

– Você tá me acusando de algo que você sempre fez.

– Isso não é verdade, e você sabe que não é verdade.

— Honestamente, não sei de mais nada. Eu sempre gostei muito de ti. Talvez a gente nunca tenha estado na mesma página.

— Acho que não foi isso, mas enfim.

E ela saiu pela porta junto com o sol, foi para casa e, uma semana depois, viu uma foto dele com outra mulher em uma rede social, os comentários dos amigos parabenizando o novo casal. Sentiu-se enjoada, quis chorar e não conseguiu, deu uns gritos secos trancada no quarto, enquanto Mariana não estava em casa, e bola para a frente, com o coração esmigalhado, sabendo que as coisas são do jeito que são. No fim, também podia respirar aliviada, deixar de esperar algo de alguém que não tinha nada para dar. Era um ponto-final que ele colocava, porque ela era viciada nessa logística de desprezo e atração mútua. Mesmo que ele não deixasse exatamente terminar, surgindo vez ou outra, mandando mensagem enquanto a namorada dormia, checando como ela estava enquanto emagrecia, querendo um contato que ela já não queria mais. Uma noite, às duas da manhã, logo que começou a se encontrar com Gustavo, recebeu um telefonema de um número não identificado. Atendeu, achando que pudesse ser Gustavo bêbado, ligando do telefone de um amigo, mas não. Era Otávio, bêbado, sim, avisando que estava em frente ao prédio. Ela abriu a porta e deixou que ele entrasse, ela imaginando que ele estava solteiro, ela se perguntando como seria desta vez, ele confessando que a namorada viajava a trabalho e estaria de volta no dia seguinte.

— Mas não importa, porque não é como é contigo.

— Que besteira e falta de respeito, Otávio. Comigo não é de jeito nenhum.

– É, sim, tu sabe que é. Eu ainda acho que um dia a gente se encontra, sabe? Que um dia a gente tenta melhor, mais disponível, e dá certo, finalmente.

E, antes de estar oficialmente em um relacionamento com Gustavo, disse, em alto e bom som, eu estou namorando. Depois disso, topou com ele algumas vezes em festas e encontros dos amigos em comum, se cumprimentavam, falavam amenidades e viravam as costas um para o outro, fingindo que cada um não existia mais.

Nossa, mensagem aleatória mesmo, mas que bom saber de ti. Olha, domingo é um dia vazio, né, certeza de que estarei de boas. Vou falar com o Arthur e vou, sim, pode contar comigo. Sempre achei que esse nosso rolê ainda não tinha acabado, não daquele jeito. Até!

Aos cento e trinta quilos e vinte e cinco anos, trabalhava no setor de marketing de um jornal local. Nas primeiras férias remuneradas, comprou uma passagem de ônibus e foi passar um mês em Buenos Aires, trabalhando em um hostel. Tinha muito menos dinheiro do que o necessário para o período, pensou até que emagreceria, o que não aconteceu. No hostel, pegava alguns turnos por semana e tinha contato com todos os hóspedes, especialmente os argentinos de outras partes do país. Ficou completamente apaixonada por um chef de cozinha e, quando podiam, escapavam para os quartos abafados para transar. Baixou um aplicativo de encontros e saiu com um cara diferente por noite, encontros com homens que gostavam de estar em público com ela, pagavam a conta e transavam com um tesão delicioso. Pesava cento e trinta e cinco quilos quando Otávio começou a namorar outra pessoa. ▪

Estava pronta para o trabalho que não frequentava mais, apenas esperando Gustavo terminar de escovar os dentes para saírem de casa. Foram até a parada, como sempre, e a lotação chegou antes do que o ônibus desta vez. Não tinha problema, ela pegaria mesmo. Beijou o namorado e ouviu, meio desconfortável, enquanto ele dizia baixinho que ela era maravilhosa. Saiu sem nem olhar nos olhos dele, não suportava mais esse surto de caridade e autoimportância pelo qual ele passava, agindo como se estivesse em suas mãos aumentar a autoestima dela.

Ainda era cedo para encontrar a loja de roupas plus size aberta, mas, mais uma vez, não tinha problema. Desceu da lotação e saiu em busca de alguma padaria, gastaria o tempo comendo tudo o que quisesse comer e o faria aos olhos de quem quisesse ver. Andou duas quadras e, por ironia, encontrou uma confeitaria logo em frente à loja, fazendo-a se questionar o que veio antes, o ovo ou a galinha. Entrou, estudou o balcão, fez o pedido e se sentou em uma mesa que dava diretamente para a porta. Poderia ver qualquer pessoa que entrasse ali, e qualquer pessoa que entrasse ali olharia diretamente para ela. E, se alguém reparasse nela e continuasse reparando, veria que ela só sairia dali depois de um café da manhã obsceno, e que iria direto para uma loja de roupas plus size. A expectativa de ser julgada foi um tempero ótimo para o caldeirão que fervilhava dentro de si.

Enquanto o pedido não vinha, pegou o celular e ficou transitando entre redes sociais, seguindo nessa alienação, mesmo depois que a comida chegou, trazida em uma bandeja por uma funcionária do local. Esbarrou na polêmica do dia ou da semana, não sabia, tudo era efêmero e ao mesmo tempo insistente nesse universo. Aparentemente, uma influenciadora cujo discurso principal era a autoaceitação estava sendo cancelada por ser, na verdade, uma grande gordofóbica enrustida, deixando isso claro ao comemorar em suas redes a grande conquista de emagrecer dez quilos, marcando personal trainer e nutricionista nas suas postagens e concluindo que ela só conseguira esse feito depois de parar de se odiar.

Às milhares de dicas que o mundo oferecia para quem precisava perder peso, malhar todos os dias, treino de força importa mais, mas não esqueça o cardio, fechar a boca, parar de consumir álcool, jamais beba as suas calorias, suco detox ao amanhecer, procedimentos estéticos sempre ajudam, mas não resolvem, proteína em todas as refeições, controle o carboidrato, ela acrescentava uma nova dica: faça tudo isso porque você se ama, jamais porque você se odeia, faça tudo isso apenas depois de aprender a se amar, se ame se ame se ame. Percebe que nunca se amou conscientemente antes de iniciar nenhum processo, talvez tenha sido esse o seu grande erro, *como é que você ia se amar se ninguém ensinou que você poderia ser amada, hein, olha ali de novo você socando tudo nos outros, sem nem pensar que poderia ter se bancado um pouquinho, vai dizer, aquela terapeuta de reiki tinha te avisado, não tinha,* vai saber, mas agora já tinha se decidido a não tentar de novo. A sua revolução seria particular porque sentia que não tinha mais tempo para participar de uma revolução coletiva.

Levantou os olhos do celular bem na hora em que uma mulher extremamente gorda se sentou na mesa à sua frente, a primeira depois da entrada, ficando de costas para a porta e virada diretamente para ela. Encararam-se acidentalmente, talvez, e a mulher lhe deu um sorrisinho. Sem retribuir o gesto, baixou os olhos, enfiando mais comida na boca e voltando direto para o celular. Pronto, agora eram duas gordas em uma confeitaria comendo não importa o quê, não importa que fosse muito ou pouco, que a outra pedisse um café da manhã minúsculo com trezentas calorias contadas, que as duas pedissem apenas um cafezinho preto, que as duas pedissem um caminhão de comida. Elas eram o que eram. Queria que a outra a olhasse novamente, tinha total certeza de que ela o faria, assim que a comida chegasse à mesa, e, de fato, quando a comida chegou, a outra olhou de novo. Desta vez, ofereceu-lhe um sorrisinho simpático, cuidadoso. Recebeu de volta outro sorrisinho e voltou a atenção ao celular. Às vezes, se transformava naquelas pessoas que quem não conhece abomina. Já viu isso acontecer antes, sabia até onde isso levava. Na faculdade, tinha uma professora absolutamente pavorosa, Liane o nome dela, tão pavorosa que todos os colegas só falavam sobre isso, o quanto ela era pavorosa, malvada, mesquinha, escrota. Já ela só conseguia observar um detalhe na professora, o maior de todos: a materialidade da mulher, tão gorda que evocava certa empatia, apesar da personalidade tenebrosa. Porque ela tinha certeza de que uma coisa era diretamente ligada à outra, não tinha como desassociar. Achava que os vilões gordos do cinema nunca eram gordos porque vilões, mas sim vilões porque gordos, uma história inteira por trás de um corpo que sempre ouviu não. Um dia, a mulher morreu, em casa, sozinha, e o corpo só foi encontrado quase uma semana depois. A história, quando Mariana lhe contou, a deixou tão abalada que ela chorou escondida no banho. Mas ela sabia que a história de Liane não seria como a sua porque a sua história seria escrita pelas próprias mãos, sem espaço para o destino.

 Percebeu que a loja estava abrindo, a lojista, gorda, erguia a porta de ferro. Terminou de comer, se levantou da cadeira, pagou a conta e atravessou a rua para entrar em uma loja que, ao mesmo tempo que não a agredia, a deixava desconfortável. Esse tipo de loja era uma novidade de alguns anos para cá e veio na enxurrada daquele movimento de autoaceitação que tomou corpo na internet. Quando criança e adolescente, um lugar como esse teria feito toda a diferença. Precisavam, ela e a mãe, viajar a cidades vizinhas maiores para encontrar roupas que lhe servissem. Nunca usou uma calça sem fazer a barra, sempre modelos masculinos. Era motivo de muita ansiedade, a mãe disposta e comemorando a roupa encontrada ou a mãe frustrada e totalmente irritada, xingando-a por não encontrarem peça alguma. Tinha doze anos quando uma lojista da cidade ensinou um truque que mudaria sua vida: aproximar a roupa do corpo e saber até onde o tecido precisava lhe cobrir para servir ou não. Mais que tempo, a técnica economizou uma frustração que antes era inevitável, tanto nela quanto na mãe, depois de ver peças e mais peças descartadas nos provadores porque não entravam no seu corpo.

 — Se você precisar de algo, é só chamar, ok?

 — Ótimo — ela respondeu, enquanto olhava as araras cheias de vestidos de todos os modelos e cores. — Eu queria algo preto, tem? Vestido.

 — Tem, sim, vem cá. Que tamanho você usa?

– Não tenho ideia, na verdade. Faz tempo que eu não compro roupas.

– Não tem problema. Eu acho que o 3G dá em ti, mas você pode pegar opções de tamanho pra provar ou me chamar que eu te entrego. Ó, tem uma arara só de vestidos pretos. O que tu tinha pensado?

Ela não tinha pensado em nada, queria apenas um vestido preto para se sentir bem. Ia usá-lo com uma legging por baixo e um casaquinho mais leve. Passou um por um na arara e escolheu três modelos que lhe pareciam ok. Levou-os ao provador, um espaço suficientemente grande e bem iluminado, e experimentou todos. O 3G ficava pequeno e o 4G ficava justo, mas o 5G vestia direitinho, *será que ela tinha dito que o 3G servia pra fazer com que você se sentisse menos gorda, a funcionária da loja da cidade em que cresceu utilizando esse truque, ao ouvir a mãe bufar com os tamanhos de calças, dizia um número menor e lhe alcançava o número maior, você lembra disso? A funcionária compadecida com o tanto de nojo que seu corpo evocava na sua própria mãe, e será que um dia a mãe diria aquele tipo de frase que mães costumam dizer, que é "você saiu do meu corpo"?* Não sentia nenhum desconforto olhando para o próprio corpo enquanto provava as roupas. Estava alheia ao impacto da própria imagem porque sabia que não era ela o problema, os últimos dias se revirando diante do espelho tinham lhe dado mais essa consciência. Escolheu um vestido com mangas três-quartos e um decote transpassado, que deixava o colo bem à mostra. Era acinturado e com uma saia rodada que ia até o joelho e não marcava a barriga. Quando saiu do provador, indicou que ficaria com aquele e entregou os outros para a vendedora.

– Mais alguma coisa? Quer dar uma olhada em casacos, meias-calças?

— Tem meia-calça tamanho grande assim?
— Tem, sim.

A vendedora a conduziu até um mostrador com várias meias de cores diferentes e a deixou em paz. Caríssimas para simples meias-calças, mas o dinheiro da rescisão daria conta disso e de todo o resto e, na verdade, agora a preocupação de pagar as contas podia ser totalmente riscada da lista. O vestido também tinha um preço indecente para o que entregava, ela sabia disso. Estava comprando pelo acesso, pela possibilidade de ser alguém com uma imagem que aquele vestido permitia que ela tivesse. Não era para todo mundo entrar em uma loja assim, tinha épocas em que não era para ela também, a não ser que pedisse para a mãe, com seu dinheiro sempre contado, que faria o vestido acontecer em algumas faturas de cartão. Seu olho brilhou quando viu uma meia-calça vermelha, sempre amou meias-calças vermelhas. Foi uma das primeiras coisas que comprou para usar quando saiu da casa dos pais, na época em que ainda não tinha engordado tudo de novo pela primeira vez. A mãe ficou enlouquecida quando veio visitá-la e viu a meia-calça escondida na gaveta, com o pé sujo, que denunciava o uso recente, pernas vermelhas como o ápice da vulgaridade. Teve que jogar fora, mas, toda vez que emagrecia a ponto de entrar em uma, comprava. Agora, muito gorda, teria uma também e sentia que estava recuperando algo que era seu por direito. De fato, como pessoa gorda, achava incrível quando podia ter as coisas que tinha sempre que não estava assim tão gorda. Na época da faculdade, o tópico virou assunto em um grupo de meninas nas redes sociais, se desenrolando a partir de uma postagem que falava sobre como as numerações encolhiam a cada dia. Uma menina gorda comentava como era frustrante não poder mais entrar em alguma fast fashion porque a numeração, que geralmente ia até 46 ou 48, simplesmente não vestia um corpo cuja numeração fosse 46 ou 48. Não demorou muito para outra menina comentar que era muito difícil para as pessoas magras que sempre usaram 38 também e, de repente, passaram a usar 40 ou 42, ganhando um número de roupa tão sugestivo, mesmo sem nenhuma variação corporal, impossível não se abalar, *e a raiva que você sentiu daquelas vadiazinhas que precisavam saber que habitar um corpo gordo não era tão horrível quanto elas achavam que era, e só era tão horrível porque pessoas como elas, donas do mundo com seus corpos minúsculos, viviam em surto e faziam com que algo repetido à exaustão fosse uma verdade incontestável. A princípio, usar uma calça 38 ou uma calça 44, desde que a calça sirva confortavelmente, tem o mesmo efeito. Mas não, porque enquanto o maior medo de uma pessoa pode ser a morte, ou ser picado por uma cobra, ou matar alguém e ser preso, ou soterrar alguém com o próprio corpo, ou quebrar uma cadeira, o medo de grande parte dessas ridículas era o de parecer gorda, gorda assim, tipo você, bem menos que você, você um tipo de gorda já inimaginável, mas um medo que vinha automaticamente com um Deus me livre, e você sentiu raiva daquelas vadiazinhas, mas nunca precisou ir muito longe, suas amigas, antes de qualquer festa, vocês todas arrumadas e maquiadas, tomando uma mistura de espumante vagabundo com vodka e frutas que você fazia e que vocês gostavam de chamar de clericot, você quase tinha cancelado a saída porque simplesmente não tinha roupa decente pra ir, nada servia mais, no fim você colocou uma calça legging de guerra, um vestido que havia virado blusa e complementou com um quimono que cumpria a função de tapar seus braços e disfarçar seus contornos, você se sentia desajustada e se concentrava em ficar bêbada e, enquanto bebiam, suas amigas falavam como estavam gordas, suas amigas que pesavam no máximo sessenta quilos e eram todas indiscutivelmente magras passavam horas falando sobre como, que horror, estavam gordas.*

Pesava setenta e três quilos aos vinte e sete anos, quando conheceu Gustavo. Também começou a trabalhar na agência de publicidade que queria, em um cargo de redatora que a deixava animada. Tinha cortado o cabelo curtinho e o pintado de loiro, sempre quis mesmo ser loira, e foi loira que ficou até quando a energia para manter a cor minou, junto com todo o resto, as roupas no armário, a austeridade, a vontade. Quando isso aconteceu, deixou que a raiz crescesse e se livrou das pontas descoloridas em casa mesmo, uma tesourada por vez. Pesava setenta e um quilos no dia em que deixou o apartamento que dividiu com Mariana até ela ir morar com Arthur e que depois ocupou sozinha, durante quase todo o seu emagrecimento, e foi morar com o namorado. A ansiedade e a empolgação do início de uma vida juntos tomando conta, se misturando com o excesso de horas trabalhadas e com o abandono da rigidez que tinha se imposto até ali, impossível de ser mantida por gente tão feliz, impossível de ser retomada por gente tão soterrada de rotina. ∎

Era véspera da véspera do seu aniversário, sexta-feira à noite, quando Mariana e Arthur chegaram. Gustavo tinha sugerido chamar os dois para um jantar, uma pré-celebração pelos trinta anos, e ela curtiu a ideia. Seria bom, de verdade, passar um tempo leve com os amigos, olhar a amiga nos olhos, guardar dentro de si todo o carinho e amor que sentia por Mariana. Jantaria, conversaria e beberia vinho, tudo isso sentada sobre a própria história, confortável com a transformação iniciada na hora em que a cadeira quebrou naquele bar. Sua pele, tal qual a pele de uma cobra, totalmente renovada, a raiva reprimida durante uma vida inteira agora ocupava livremente todos os seus espaços internos, passava desimpedida por seus poros, saía de seu corpo e criava uma nova casca, criava uma aura, perceptível apenas para si mesma. Abraçou os amigos ainda próximos à porta e o barulho dessa chegada fez com que Gustavo viesse e fizesse o mesmo, entrem, entrem, passos animados e vozes mais altas do que o normal, se encaminhando até a cozinha, onde o jantar tomava forma aos cuidados do namorado.

Seu coração se encheu nesse momento, mas esta era sua história, não a daquelas pessoas, e não existia no mundo alguém capaz de demovê-la de sua ideia. Existem resoluções tão intensas que não passam por mais ninguém, não podem ser demovidas, não é questão de ter motivo ou não, mas ela tinha motivos. Se bem que poderia ser diferente, já que ela faria o que faria com eles, contra eles, não contra si mesma, e talvez, no momento em que conseguissem entender isso, a tristeza de todos ficasse ainda mais estranha. No seu coração já tinha decidido, na sua cabeça a ideia já estava consolidada; e, nesse momento tão bom que os quatro compartilhavam, ela se perguntou mais uma vez quem ela seria, não fosse alguém tão manipulada a ponto de não conseguir mais descobrir o caminho até si mesma. Sentia que sua escolha era a única possível. Não sabia nem sonhar com o que poderia ter sido diferente para que ela trilhasse outro caminho. Faria o que faria na base do amor e do ódio, e a intensidade com a qual encarava esses extremos, com a qual os misturava, era como uma gangorra tocando ambos os polos. Os surtos de empolgação dos últimos dias tinham vindo como um alívio para Gustavo, mesmo que eles acontecessem entre momentos de extrema apatia, uma consequência que parecia ao namorado óbvia e natural: ela trilhava um trajeto de volta, sabe-se lá de onde, mas não estava totalmente por ali, era preciso esperar mais um pouco. Mas nessa noite e nesse final de semana inteiro estaria completamente empolgada.

 Mariana beijou-lhe as bochechas várias vezes, reclamando que ela estava meio ausente nos últimos dias, rindo quando ela lhe respondia apenas com a frase questões, muitas questões. A amiga estava disponível para ouvir, ela não estava a fim de falar. De todos os seus relacionamentos, Mariana era o que menos gerava dúvidas, o mais pleno e certo. Sentia que a amiga tinha bondade e desinteresse em distribuir julgamentos do tipo que só cabe a quem se aceita por inteiro e aceita por inteiro ser. Na faculdade, esse tempo no qual a existência em grupo é uma extensão da vida de escola, formavam uma turma de jovens que andavam juntas o tempo inteiro, com as intimidades potencializadas em duplas. Das outras, tinha vezes que sentia certo cansaço e uma vontade de morte quando se reuniam na casa de uma delas, muitas vezes na casa que ela dividia com a amiga, fosse para um jantar, fosse para beber antes de irem a uma festa para economizarem no álcool depois. Nesses momentos, sempre sempre sempre havia a discussão sobre quilos a mais, a gordice do almoço ou como estavam se sentindo gordas, como se gordura fosse, antes de tudo, um estado de espírito e, depois, uma atrocidade a ser evitada de qualquer maneira. Todas, menos Mariana. Ela nunca se engajou em uma dessas conversas. Claro que se sentia estufada de vez em quando, que reclamava da roupa que marcava mais do que ela gostaria, que morria de vontade de comer alguma coisa muito boa e se organizaria para o final de semana. E não apenas isso, mas Mariana sempre esteve disponível de uma forma que não deixava margem para dúvidas, mesmo sem nunca lhe pedir ou sugerir que tocasse em assuntos para os quais não estava preparada. Isso em todas as fases e todas as lutas contra si mesma e seus resultados em cima de uma balança. A amiga estava verdadeiramente ao seu lado, e a recíproca sempre foi à altura, ela também sempre esteve disponível para oferecer o colo de que Mariana precisava, e a surpreendia, ainda hoje, que Mariana tivesse buscado seu colo um número sem-fim de vezes, fosse para chorar por relacionamentos fracassados, para chorar frustrações profissionais, fosse para debater cada um dos elementos familiares que ainda a tratavam como uma menina infantil que precisava encontrar um bom casamento. Se essa fosse a história de Mariana, sabia que apareceria do mesmo jeito, como uma presença acalentadora e um porto seguro para o qual voltar. Lamentava saber que Mariana não perderia o seu aniversário por nada, *só que você não pode focar em Mariana, Mariana sempre ali, Mariana sempre presente, Mariana como esse vínculo poderoso que você conseguiu ter na vida. Você precisa pensar apesar de Mariana, porque a sua vida sempre foi o que foi muito antes de Mariana, e ela nunca pode evitar que a sua vida continuasse sendo o que era. Apesar de Mariana, você me ouviu? Preciso que você pense apesar de Mariana.* Colocaram os pratos na mesa e trouxeram para perto o baldinho cheio de gelo que mantinha o vinho branco gelado. Gustavo avisou que a comida estava pronta e se transferiram definitivamente da cozinha para a sala do apartamento, enchendo taças e esvaziando pratos. Ela comia sem parcimônia nem filtros enquanto a amiga contava para todos a crise que enfrentava no trabalho. Sua empresa tinha sido vendida para uma start-up que transformou os processos e objetivos do produto e, nesse processo, Mariana perdeu o tesão na coisa. Já tinha levado o assunto para a terapia, precisava entender até onde ia sua capacidade de se adaptar e reinventar e como saber até onde enfrentar e qual o momento de desistir. Devia ser caso de perspectiva, concluíam todos, essa questão de enfrentamento e resiliência. Sair do emprego também poderia ser visto como um enfrentamento, e aí era ela que tinha que definir qual batalha preferia. Enquanto a amiga falava, ela pensava que, inclusive, a questão poderia ir um pouco mais longe, mesmo que simplista.

— Pensa que você tem escolha, pior seria não ter.
— Mas a pessoa sempre tem escolha.
— Nem sempre, sei lá, você poderia ter certeza de que não conseguiria outro emprego e não ter como ficar sem a grana. Coisas do tipo.

– É verdade, mas aí o cenário é outro. Não é esse o contexto aqui, né? Aqui eu quero entender como lidar com meus desejos, os que podem ser atendidos, de forma madura e coerente, sabe?

– Sei, amiga, eu sei, sim. – Levantou a taça e todos fizeram um brinde, não ao pequeno caos interno de Mariana, mas aos trinta anos que estavam batendo à porta. Bebeu feliz.

Olhou a amiga sorrindo e pensou que, dali a dois dias, mesmo aterrorizada, Mariana gastaria um tempão analisando o que ela escolheu fazer, faria cálculos e entenderia os seus motivos, gastaria tanto o assunto que chegaria a uma conclusão. E lhe perdoaria porque, de Mariana, ela sempre receberia o perdão.

Tinha cento e quarenta e seis quilos e quase trinta anos quando quebrou uma cadeira enquanto estava sentada nela, tomando uma cerveja, sozinha em um bar. ∎

Acordou com frio na barriga, não podia deixar de se sentir muito bem, era um sentimento que a tomava por inteiro, sem anular toda a raiva, mas completamente entrosado com a raiva, possível por causa dela, a certeza de uma simbiose que culminaria em realizar seu maior desejo. Aquele era o dia que marcava trinta anos desde o começo de sua vida e apontava para um futuro vivo e intenso na alma de cada uma das pessoas que lhe fariam companhia durante a noite, personagens que representavam sua vida inteira.

    Gustavo já não estava na cama. Imaginou que o namorado estivesse preparando um café da manhã especial para começar o dia. Ouvindo sussurros, foi até a sala para encontrar o namorado e os pais a esperando, com um sorriso debaixo de uma faixa pendurada na parede onde estava escrito Feliz Aniversário. A mãe tinha trazido não apenas um bolo para cantarem "Parabéns" durante a noite, mas também um bolinho para celebrarem, apenas os quatro, durante o café da manhã, o tipo de gentileza que, no fim das contas, tinha tudo a ver com ela. Abraçou os pais, deu um selinho em Gustavo, que passava o café em um bule sobre a mesa, e se sentou junto deles. A plenitude que a tomava, a mesma do jantar com Mariana e Arthur, era do tipo que quase a fazia esquecer tudo o que vinha lembrando.

Terminaram de comer e começaram a organizar a festa. Os pais tinham passado no mercado a caminho do apartamento e comprado a lista que ela tinha mandado no dia anterior, com todos os ingredientes necessários para a noite. Ela insistiria em pagar, mas sabia que eles fariam questão de que ela deixasse assim, seria seu presente de aniversário. Enquanto ela e a mãe desciam com as sacolas cheias de bandejas de carne, pacotes de arroz, cebolas, tomates, temperos, papel alumínio, cogumelos e batata palha para o salão de festas, Gustavo e o sogro saíam para ir ao mercado mais uma vez, agora para comprar as bebidas e os pacotes de gelo.

Na cozinha do salão, o micro-ondas já tinha um papel que ela colocara na noite anterior, quando pegou a chave, escrito danificado, fora de uso, e elas ignoraram o eletrodoméstico, partindo para o preparo dos pratos. Intercalavam amenidades com o ato de picar, esmagar, fatiar, adivinha quem está grávida, adivinha quem passou num concurso, adivinha quem se divorciou. Ela sempre gostava de receber essas cápsulas de conteúdo vindas de sua outra vida, aquela de antes de sair da casa dos pais, descobrir o que antigos colegas e amigos faziam, descobrir que o futuro de todo mundo era um pouco como o futuro dela até então, essa coisa previsível que existiu de um jeito óbvio, mas jamais do jeito imaginado enquanto cresciam todos juntos. Certa vez leu que, para abrir mão do passado, é imprescindível abrir mão do futuro, daquele idealizado que sempre seria perfeito simplesmente porque não pôde existir. Essa seria a noite em que, finalmente, abriria mão do passado.

— E hoje à noite, você vai vestir o quê?

— Comprei um vestido novo, bem bonito, preto transpassado.

– Que bom que você achou uma roupa pra hoje, filha. Quanto foi? Eu vou te dar de presente.

– Não precisa, mãe, mesmo. Deixa que eu quero me dar de presente, tá bem?

– E casaco, tu tem? Acho que vai estar frio hoje. Eu trouxe um preto que acho que pode te servir, peguei ontem mesmo e, qualquer coisa, posso só devolver. – A mãe sempre se esmerava e tentava pensar em tudo. Ela ficou enternecida com a oferta, mas não aceitaria um casaco de presente.

– Obrigada, mãe, mas eu tenho. Não quero comprar nenhum casaco agora.

A mãe a olhou rapidamente e ela pôde ver que um esgar de esperança se desenhou em seu rosto. Dizer que não queria comprar roupa agora era uma espécie de insinuação: em breve vou começar mais uma dieta e emagrecer um pouco, aí o casaco não vai mais servir e vai ficar parado no roupeiro, aí, melhor não. Fingiu que não leu o que leu no rosto da mãe. Tinha que admitir que ninguém no mundo acreditava nela mais do que a mulher parada ali na sua frente. Em todas as tentativas frustradas de emagrecimento que teve quando adulta, a mãe nunca a desmotivou ou duvidou de sua capacidade, pelo contrário. E sempre ajudava como podia, mandando um dinheirinho para que ela comprasse algumas comidas congeladas light que ajudassem no dia a dia, por exemplo. Percebeu que a mãe parecia meio emotiva e perguntou o que estava acontecendo.

– Trinta anos são muitos anos já, nem acredito que a minha bebê chegou até aqui, essa mulher linda e forte que não tem medo de ir atrás do que quer. Eu lembro perfeitamente do dia e do momento em que vi o seu rostinho pela primeira vez, sabe? A sua vida inteirinha também mudou a minha vida inteirinha. – A mãe, chorando, puxou-a para um abraço, ela abraçando com uma faca em uma mão e uma cebola em outra. Chorou também, principalmente pela sensação de encontro. Amava aquela mulher com todas as suas forças e foi com ela que aprendeu que amor e ódio coexistem na mesma intensidade. Com amor, odiava a própria mãe com todas as forças. Saíram do abraço e voltaram para as amenidades, cozinharam toda a comida com a tranquilidade de quem encara um almoço de domingo. Duas horas se passaram sem pressa e sem preocupações, graças à destreza das mulheres que sempre fizeram o próprio serviço e aprenderam, à força, que só poderiam relaxar se fizessem o próprio serviço algumas horas antes, sem nunca delegar. Contemplaram o resultado satisfeitas, um panelão de strogonoff, uma panela extra com carne picadinha e refogada e uma panela menor apenas com cogumelos refogados.

– Nossa, mãe, isso aqui tá uma delícia. Acho que vai ser difícil competir, hein.

– Tá, né? Tudo pra comemorar o seu aniversário, meu amor.

Abraçaram-se mais uma vez, celebrando a tarefa concluída com sucesso. Enquanto isso, Gustavo e o pai já tinham colocado uma parte da bebida e do gelo na geladeira do salão e outra na geladeira da cozinha, dividindo espaço com as panelas de comida e com as caixas de docinhos que seriam servidos depois do jantar. Tinha encomendado alguns salgadinhos para fazerem as vezes de aperitivos, mas se deu conta de que era bom que todos estivessem com fome, e cancelou o pedido a tempo. Colaram as fitas metalizadas vermelhas na parede, junto com as letras que formavam seu nome e os números que formavam sua idade. Ela posou em frente mostrando a língua e fazendo um V com os dedos, e Gustavo tirou uma foto. Depois, tirou uma foto com os pais, apesar dos protestos da mãe de que estava totalmente desarrumada. Já passava das duas da tarde e os pais voltaram para o hotel para descansar um pouco. Seu coração batia acelerado de expectativa quando se despediu dos dois, subindo com Gustavo para o apartamento.

Estava feliz e via o namorado feliz. Abraçaram-se forte, se beijaram forte, se olharam nos olhos e foram para o quarto. Não transava com ele desde que a cadeira quebrou, a autoconsciência insuportável acabando com a libido. Agora, de repente, esse problema sumia, seu passado já começando a se apagar, de pouquinho em pouquinho. Foi com cuidado e gentileza que Gustavo beijou cada partezinha de seu corpo, se dedicando à tarefa com o afinco de quem faz isso com um propósito, de quem faz exatamente o que quer fazer. Teve um orgasmo e depois outro e depois mais um e, quando acabaram, Gustavo caiu no sono. Ela se esgueirou da cama para voltar ao salão de festas e fazer o que precisava ser feito, dar jeito naquele micro-ondas. Gustavo também aprenderia a perdoar, mesmo sem entender. Seguiria em frente com o pragmatismo que lhe era tão próprio e, com o tempo, encontraria significado nesses livros que tanto lia.

Passou na portaria, onde deixou guardado o kit, com a desculpa de que era um presente para o namorado, e foi diretamente para o salão de festas. Abriu a caixa e leu o manual, encaixando as peças e formando uma espécie de compasso, que cortaria o vidro com um círculo grande o suficiente para que ela enfiasse a cabeça, *porque é isso que você vai fazer hoje, desde o momento em que essa cadeira quebrou, tudo conduziu você até agora, e você sabe que é isso que precisa fazer hoje, precisa externalizar toda a raiva que sentiu porque, pra você, a autoaceitação ainda não é possível, tem muita raiva canalizada e você finalmente viu a luz. Viu só, você conseguiu fazer o mais difícil, dar conta de cortar isso aqui foi realmente difícil, você teve que pensar a respeito, pesquisar, teve que ter a ideia, e a ideia você teve porque esse é o seu trabalho. Você agora só precisa levar até o fim, apresentar esse trabalho como se fosse uma grande campanha, um case de sucesso, feito pra ganhar premiações, eu preciso que você honre a nossa trajetória dos últimos dias, preciso que você faça o que tem que fazer, eu preciso que você esqueça de todo o resto e faça o que tem que fazer.* Ao que tudo indicava, tinha conseguido.

    Escondeu o kit em um dos armários, colocou de volta a placa que sinalizava que o aparelho não deveria ser usado e voltou para o apartamento, onde encontrou Gustavo já acordado. Disse que tinha ido dar uma última conferida no salão e dizer ao porteiro o nome do garçom que viria à noite para ajudá-los. Foi para o banho com a certeza de que tudo estava em seu exato lugar, ela cercada pelos seus, acessando um tipo de amor que sentiu a vida inteira, meio hesitante, sempre incerto, mas o amor que tinha disponível para ela. Estava animada, a raiva das últimas semanas se misturava à expectativa, já não cedia lugar para sentimento algum, era capaz de receber qualquer sentimento bom a partir da certeza de que seria transformada pela sublimação, ela inteira transformada em raiva, o suficiente para que fosse até o fim.

    Desde que quebrou a cadeira, foi atravessada por seu passado, tentando descobrir o que fazer a seguir, qual o novo futuro que teria diante dos pés. Como se refazer, deixar aquele passado para trás? Acontece que, para abrir mão do passado, é preciso abrir mão do futuro, e ela acreditava demais nessa versão idealizada de si mesma. Estaria linda esta noite, bem do jeito que era, essa beleza errada, às vezes poderosa e às vezes horrenda. Já não era mais boa demais para si mesma porque já não era mais um problema, estava pronta para ocupar sem constrangimento o lugar, encher esse lugar o máximo possível, invadir cada um que também ocupasse esse lugar, pronta para vir aqui e oferecer esse banquete maravilhoso, esse cheiro maravilhoso, apenas antecipando qual seria a primeira reação desavisada, totalmente espontânea e sincera, quem seria o primeiro a sentir aquele desejo inexplicável, que começa pelo nariz, percorre o corpo inteiro, invade de água a boca e ocupa toda a imaginação e quem seria o primeiro a fazer a constatação horrorizada, quem seriam os primeiros a trocar um olhar culpado e constrangido, os primeiros de todos eles, porque, nesta noite, o plano é oferecer um banquete.

Este livro foi composto com tipografia Adobe Garamond Pro e
impresso em papel Off-White 80 g/m² na Formato Artes Gráficas.